Über die Autorin:

AF199304

Corinna Weber wurde im März 1976 in Darmstadt geboren. Sie lebt mit ihrer kleinen Familie in dem schönen Örtchen Wald-Michelbach im Odenwald.

Der erste Band aus der Taschenbuch Reihe „Ronjas Welt" handelt von dem Leben einer jungen Frau, die gerade 18 Jahre alt geworden ist. Vieles gibt es nun zu erleben und zu entdecken.

Die Autorin gab ihrer Hauptprotagonistin den Namen „Ronja", um ihrer, im September 2019 verstorbenen, zweijährigen Tochter durch die Romanfigur wieder Leben einzuhauchen.

Sämtliche restliche Personen der Geschichte, sowie Handlungen oder Ähnlichkeiten, sind frei erfunden und daher rein zufällig. Die Orte gibt es tatsächlich.

Neben der nun entstehenden Taschenbuch-Reihe stammen die „MUDDI" Zusammen schaffen wir alles-Bücher aus der Feder der Odenwälder Autorin.

Corinna Weber

Ronjas Welt

Band 1

Impressum:

Bibliographische Information der Deutschen Nationalbibliothek:

Die Deutsche Nationalbibliothek verzeichnet diese Publikation in der Deutschen Nationalbibliografie; detaillierte bibliografische Daten sind im Internet über dnb.dnb.de abrufbar.

Copyright 2020 Corinna Weber Herstellung und Verlag: BoD – Books on Demand, Norderstedt

ISBN: 978-3-7504-7118-4

Für meine drei wundervollen Töchter

Vorwort

Manchmal passieren einem im Leben die ulkigsten Dinge. Man trifft auf Menschen oder gerät in Situationen, die man sich im Traum nicht skurriler, lustiger, schöner oder auch seltsamer hätte vorstellen können. Wenn man noch so jung ist, wie Ronja möchte man das Leben mit all seinen Facetten und Besonderheiten genießen und mit der nötigen Portion Schlagfertigkeit, Humor und Charme lässt sich so gut wie jede Begegnung und Situation bewältigen.

Lasst euch entführen in Ronjas kleine Welt, erlebt mit ihr ihren Alltag und begleitet sie durch einige unglaubliche Momente ihres Lebens mit ihrer Familie, ihren Freunden und ihrer kleinen und großen Lieben.

„Ach Mama, das ist doch jetzt nicht dein Ernst, oder?" Ronja rollte genervt mit den Augen. Ihre Mutter hatte ihr ein T-Shirt gekauft auf dem vorne „Endlich erwachsen" und hinten „lass mich, ich kann das alleine" stand. „Du glaubst doch nicht ernsthaft, dass ich DAS auf meiner Party anziehe!" Ihre Mutter hatte schon immer eine etwas seltsame Art von Humor, aber das toppte gerade alles. Das Oberteil trotzte jeder Beschreibung. Schreiend pink, mit einem grinsenden, tanzenden Alpaka auf dem Vorderteil, das schielend die Augen verdrehte und in eine bunte Tröte blies. „Von mir aus kannst du das als Putzlappen verwenden. Ich zieh das geile Oberteil an, das ich mir letzte Woche bei „New Yorker" gekauft habe. Außerdem muss ich nochmal los, ich will mit Lena noch Getränke organisieren für Samstag. Denkst du noch ans Brot und an den Salat?" Ronja guckte ihre Mutter erwartungsvoll an. Die war mittlerweile leicht gekränkt. Sie hatte sich die „T-Shirt" Aktion erheblich lustiger vorgestellt, aber ihr Nesthaken hatte ja sowieso eine ganz andere Art von Humor als sie. Ronja kam da mehr nach ihren Geschwistern, eher schnell genervt, mit einem Hang zur Ungeduld.

Sie war mit ihren knapp 18 Jahren die Jüngste. Die Älteste der drei Schwestern, Anja, war mittlerweile schon 34, verheiratet und hatte zwei bezaubernde Kinder. Sie und ihr Mann hatten ein kleines Häuschen in der Nähe von Heidelberg, seit die Kinder da waren war Anja zuhause. Lennox war schon acht und kam nach den Sommerferien in die dritte Klasse. Die kleine Leonie war mittlerweile fast fünf, sie kam nächstes Jahr in die Schule. Beide waren quirlige Wesen, die Leben in die Bude brachten. Finja, die Mittlere, war 24 und eine absolute Powerfrau. Sie hatte große Pläne, war mit ihrem Beruf als Friseurin zwar nicht unzufrieden, strebte aber nach Höherem. Sie wollte in den nächsten Jahren einige Zusatzausbildungen absolvieren und dann als Maskenbildnerin beim Film arbeiten.Und dann war da Ronja, die Jüngste im Bunde. Klein, zierlich, mit leicht gelockten dunkelblonden Haaren und einem lauten, ansteckenden Lachen. Sie hatte keine fünf Minuten Ruhe im Popo, ständig fiel ihr etwas Neues ein womit sie ihr Umfeld in Schach halten konnte. Sie war die kleine Chaotin der Familie. Schon als Kind war sie kaum zu bändigen, ihre Emotionen standen ihr schon immer deutlich ins Gesicht geschrieben.

Ob es ihr berüchtigter Zorn, ihre Wissbegier oder ihre grenzenlose Liebe war. Ihr Gegenüber wusste meistens genau, mit welcher ihrer Stimmungen er es gerade zu tun hatte. Die, die sie gut kannten, konnten meistens schon auf den ersten Blick abschätzen, was man an dem jeweiligen Tag zu ihr sagen durfte, und was besser nicht. So auch an diesem Tag. Da sie am kommenden Samstag eine große Party zu ihrem 18. Geburtstag feiern wollte, und es sich in den Kopf gesetzt hatte, alles allein organisieren zu wollen, geriet sie so langsam ganz schön ins schlingern. Vielleicht wäre es doch besser gewesen, sie hätte sich Unterstützung von ihrer Mutter erbeten. Oder zumindest von Anja oder Finja. Aber jetzt waren es nur noch drei Tage, und Ronja begann leicht zu rotieren. Es half alles nichts. Sie brauchte Hilfe. „Mama, würdest du mir vielleicht noch ein bisschen Deko besorgen und dich ums Essen kümmern? Biiiitteee."Sie legte den Kopf leicht schief und lächelte liebevoll. Ronja war sich bewusst, dass ihre Mutter diesem Blick selten widerstehen konnte. Das war früher schon so. Jetzt seufzte sie tief und meinte „natürlich, ich kümmere mich darum. Du könntest aber Finja fragen, ob sie vielleicht noch den Raum schmücken möchte. Dann bräuchtest du dich darum schon mal nicht zu kümmern. Und deine Schwester könnte sich kreativ austoben." Ronjas Mutter grinste. Finja war, was ihre „künstlerische Ader" betraf, kaum zu bremsen. Sie dekorierte für ihr Leben gern und versuchte jedem in ihrem Dunstkreis ein gewisses Maß an Stil und dekorative Eleganz beizubringen. Ob es zu demjenigen passte oder nicht. Sie wäre also geradezu prädestiniert dafür, Ronjas Party „aufzuhübschen". Ronja nickte, schnappte sich im Raus laufen noch einen Apfel aus der Obstschale in der Küche, rief von der Haustür aus laut „Tschüss" und machte sich auf den Weg zu ihrer Freundin Lena. Das T-Shirt, das ihre Mutter ihr gerne aufgebrummt hätte, hatte sie in ihre bunte Umhängetasche gesteckt. Sie wollte es unbedingt Lena zeigen. Die beiden hatten sich schon öfter über den „Humor" von Ronjas Mutter königlich amüsiert. Ronja lief die Straßen ihres Heimatortes Wald-Michelbach entlang und genoss das noch warme Herbstwetter. Sie trug ihre heißgeliebten Löcher-Jeans und ein knallgelbes Oberteil. Für sie konnte es nicht bunt und mädchenhaft genug sein, ihre älteste Schwester war da ganz anders.

Anja mochte es von jeher eher gedeckt, Pastellfarben oder alles, was mehr in die „Tussi-Richtung" abrutschte, war überhaupt nicht ihr Fall. Sie war die letzten Jahre eher in den so typischen „Hausmütterchen-Look" gerutscht. Auch Finja hatte einen ganz anderen Geschmack, sie hatte sich noch nie groß um Mode geschert und zog an, was ihr gefiel. Ronja war von daher so etwas wie der bunte Hund der Familie, deshalb hatte ihre Mutter wohl auch gedacht, dass das Shirt genau das Richtige für sie sei. Und ja, eigentlich war die Farbe ja echt super, und das schielende Alpaka sowieso… aber dieser Spruch ging ja mal gar nicht. Ronja wusste selbst, dass sie ziemlich anstrengend sein konnte. Sie hatte nun mal ihren eigenen Kopf, und den versuchte sie, so oft wie möglich durchzusetzen. Die Erfahrung musste auch ihr letzter Freund machen. Tim war zwar an sich ein echt lieber Junge, aber fast ein Stück zu anhänglich für Ronja. Und somit hatte er nach knapp sieben Monaten auch schon wieder die Segel gestrichen mit den Worten „echt jetzt mal, du hast doch einfach einen an der Klatsche!" Und alles nur, weil Ronja sich dazu entschlossen hatte, Kinderkrankenschwester zu werden und, während der Ausbildungszeit, zu ihrer Schwester nach Heidelberg zu ziehen. Für Tim ein absolutes Unding. Er hätte sie lieber in der Firma seines Vaters am Schreibtisch gesehen, etwas, was für Ronja aber nie zur Debatte gestanden hätte. Ein Schreibtisch-Job war nichts für sie, sie wollte mit Menschen zusammenarbeiten, am liebsten mit Kindern. Als die Zusage der Kinderklinik kam war sie deshalb auch überglücklich gewesen. Tim verstand nicht, warum sie deswegen auch noch gleich nach Heidelberg ziehen wollte und bat sie, hier bei ihm in der Nähe zu bleiben. Was zugegebenermaßen, schon rein verkehrstechnisch, schwierig geworden wäre. Auch wenn Ronja seit kurzem ihren Führerschein hatte, und in Begleitung ihrer Eltern fahren durfte. Sie wollte aber nicht immer mit dem Auto nach Heidelberg müssen. Schon mal, weil sie noch gar kein Eigenes besaß. Die Parkplätze waren dünn gesät, und in Heidelberg direkt war man mit der Straßenbahn erheblich schneller unterwegs. Ihre Eltern und ihre Schwestern verstanden sie nur zu gut. Tim leider gar nicht. Ihn umtrieb die Angst, sie könnte sich in der „Großstadt" ganz schnell in einen anderen Mann verlieben. Und als Ronja meinte „wenn du so weitermachst mache ich das auch, und zwar schneller als du gucken kannst", warf er mit besagten Satz die Tür hinter sich zu und verschwand aus ihrem Leben. Ronja dachte über ihn nach und kaute an ihrem Apfel, während sie auf dem Weg zu Lena war. Sie war fast froh, dass er das Feld geräumt hatte. Sie hatte noch so viel vor in ihrem Leben, ein Mann wie Tim hätte sie da nur aufgehalten. Er war von vorne herein zu besitzergreifend gewesen, meinte, sie kontrollieren und bevormunden zu müssen. Zwei der Dinge, mit denen Ronja schon recht früh überhaupt nicht klar kam. Sie freute sich sehr auf ihre Ausbildung und auf die vielen neuen Menschen, die sie dadurch kennen lernen würde. Und sie freute sich auf ihre Party am Samstag. Also wischte sie die restlichen Gedanken an ihren Ex beiseite, war den Rest des Apfels ins Gebüsch und klingelte an Lenas Haustür. „Sag mal, bist du beim Laufen eingeschlafen oder was war los? Du wolltest doch schon vor einer halben Stunde da sein." Lena schaute vorwurfsvoll. Sie war das komplette Gegenteil von Ronja. Mindestens einen Kopf größer, dunkelbraune, fast schwarze kurze Wuschelhaare, eine Brille auf der Nase, die sie des Öfteren gegen Kontaktlinsen tauschte und einer etwas stämmigeren Figur.

Nichtsdestotrotz hatte sie einen ziemlich großen Verehrer-Stamm, ihre Art sich zu bewegen und zu reden ließ die Männer reihenweise dahinschmelzen. Manchmal war Ronja fast ein wenig neidisch auf sie. Obwohl sie eigentlich auch ein ziemlicher Hingucker war. Durch ihre schmale Figur, den schulterlangen, blonden Haaren, ihrem Kleidungsstil und dem unwiderstehlichen Lächeln wirkte sie sehr anziehend auf Männer. Aber im Gegensatz zu Lena war es ihr ziemlich egal. Ihre Freundin war am laufenden Band auf Männerfang, ständig hatte sie irgendeinen anderen Typen am Start. Ronja amüsierte sich jedes mal, wenn die Männer ihrer Freundin an den Lippen hingen, und sie taten ihr fast leid, wenn sie, meistens ziemlich schnell, wieder abserviert wurden. „Nein, ich musste mit meiner Mutter noch eine kleine „Kleider-Diskussion" führen. Warte, ich zeige es dir." Ronja zog das T-Shirt aus der Tasche und hob es sich vor die Brust. Lena begann laut zu lachen. „Alter, deine Mutter ist echt zum Piepen. Was sollst du denn damit machen? Junggesellinnen-Abschied?" Lena wischte sie Tränen aus den Augenwinkeln vor Lachen. „Los, zieh mal an. Vielleicht ist es gar nicht so schlecht, wie du denkst."

Ronja schüttelte resigniert den Kopf „Na gut, aber nur, weil du es bist." Sie zog ihr gelbes Oberteil aus und schlüpfte in das schreiend pinke, tanzende, schielende Alpaka. Lena musste sich hinsetzen vor Lachen. Auf der rechten Brust hampelte nun das Alpaka, auf der linken schwebten die Noten aus der bunten Tröte. Ronja drehte sich vor Lenas bodentiefem Spiegel hin und her und schüttelte den Kopf. „Alter, Ideen hat die Frau, unglaublich" sagte sie leicht grinsend. „Sag mir mal lieber, was wir jetzt für Samstag noch organisieren müssen. Hast du dir überhaupt schon mal ein paar konstruktive Gedanken gemacht, oder versuchst du schon wieder, alles zu delegieren?" Lena warf Ronja eines ihrer kleinen Zierkissen an den Kopf und schaute sie gespielt erbost an. „Ja, läuft alles" sagte Ronja zufrieden. „Finja kümmert sich um die Deko, die muss ich nur noch fragen". Ronja biss sich leicht auf die Unterlippe. Sie wollte eigentlich von unterwegs aus Finja anrufen, hatte es aber, beim Nachdenken über Tim, wieder völlig vergessen. Sie musste echt ein wenig strukturierter werden. Für die Ausbildung könnte das bestimmt nicht schaden. Missbilligend schüttelte sie den Kopf.

„He Prinzessin, in welchen Sphären treibst du dich denn schon wieder rum?"Lena bohrte ihrer Freundin den Zeigefinger in den Oberarm. „Erde an Ronja, lande mal dein Raumschiff, wir brauchen noch mindestens einen Karton Sekt, zwei Flaschen Baylies und zwei Paletten von diesen leckeren Fertigcocktails. Außerdem noch drei Kästen Bier. Ziehst du dich wieder um oder bleibst du so?" Lena zupfte lachend an dem quietschrosa Stoff. „Ne, ich zieh noch meine Hose aus und lass das T-Shirt an. DANN können wir gehen." Ronja streckte Lena die Zunge raus, zerrte sich das Alpaka über den Kopf und stopfte es zurück in ihre Tasche. Lena schnappte sich ihren Autoschlüssel. Sie war ein halbes Jahr älter als Ronja und fuhr seit einem viertel Jahr einen kleinen, roten Opel Adam. Lena wohnte noch bei ihrer Mutter, sie wollte nach ihrem Abitur im nächsten Jahr Medizin studieren. Sie und Ronja waren schon ewig miteinander befreundet, fast schon von Kindesbeinen an. Sie kannten sich seit der Grundschule, waren seitdem unzertrennlich. Und auch wenn ihre Zukunftspläne sie räumlich trennen würden war klar, das es an ihrer Freundschaft nichts änderte . Und sie hatten schon ziemlich viel miteinander erlebt. Ihre ersten Freunde, Liebeskummer, Lenas wechselnde

Männerbekanntschaften, Ronjas heimliche Schwärmerei für einen jungen Mann aus der unmittelbaren Nachbarschaft, ihre erste heimliche Zigarette, der erste richtige Vollrausch, verbunden mit einigen ziemlich peinlichen Situationen... sie wussten einfach beide viel zu viel voneinander. Ronja drohte immer scherzhaft „wenn du mich ärgerst erzähl ich deiner Mutter, was du damals beim Klassenausflug mit Ben im Gebüsch veranstaltet hast." Woraufhin Lena gern erwiderte „und ich sage DEINER Mutter, dass du in der achten Klasse wegen der „Camel" ohne Filter nach der Pause fast den ganzen Klassenraum vollgekotzt hast." Oh ja, sie wussten beide voneinander definitiv zu viel. Sie konnten zusammen herrlich albern sein, es gab immer etwas zu lachen. Aber sie hatten auch schon nächtelang ernste Gespräche geführt. Jede wusste, dass die jeweils andere immer für sie da war. Sie waren sich fast immer einig, hatten sogar oft schon fast den selben Männergeschmack (nicht unbedingt ein Vorteil). Einzig was den Kleidungsstil betraf unterschieden sie sich in Welten. Lena bevorzugte es kurz, sexy und aufreizend. Ronja dagegen, wie schon erwähnt, eher bunt, mädchenhafter, chaotisch und lebensfroh.

Sie ließ sich auf den Beifahrersitz fallen und Lena startete ihre kleine Rennschüssel. Sie fuhr genauso Auto wie sie lebte. Ein bisschen chaotisch, schnell und die meiste Zeit laut vor sich her schimpfend. Ihre Mutter sagte immer „wegen dir wurde der Spruch „Pflanzt Gummibäume" erfunden." Ronja schwankte jedes mal zwischen dem Gefühl von heiterer Gelassenheit und Todesangst, wenn sie neben Lena im Auto saß. Sie freute sich darauf, auch endlich alleine fahren zu dürfen. Am Samstag würde es endlich soweit sein. Jetzt waren sie erst mal gemeinsam auf dem Weg zum örtlichen Getränkehändler, um sich mit den geplanten Spirituosen einzudecken. Eine Stunde später war Lenas Kofferraum und die gesamte Rückbank voll mit Kisten und Flaschen. „Meinst du wirklich, dass die Menge ausreicht?" Ronja blickte skeptisch nach hinten auf die Bierkästen, Kartons und einzelne Flaschen. „Naja, für nen eigenen Getränkehandel wird's eng, für deine Party sollte das aber allemal reichen". Lena zwinkerte mit ironischem Unterton. „Warte, ich ruf meinen Papa an, vielleicht können wir den ganzen Kram gleich in die Garage bringen." Ronjas Eltern hatten eine Garage gleich neben der Halle, in der ihr 18. Geburtstag gefeiert werden sollte. Dort stand der Hänger, den ihr Vater ab und zu brauchte, diverse Maschinen, die nur ab und zu zum Einsatz kamen, und seit ein paar Tagen kistenweise Dekokram, Girlanden und Luftballons. Darum sollte sich Finja die Woche kümmern. „Mist, die habe ich ja schon wieder vergessen". Ronja schlug sich mit der flachen Hand an die Stirn und kramte ihr Handy aus der Tasche, während Lena nach links abbog und den Weg Richtung Hartenrod einschlug. „Huhu Nana, duuuu, ich bräuchte mal deine Hilfe". Als sie noch klein war kam ihr der Name „Finja" schwer über die Lippen, mit eineinhalb Jahren entstand das erste „Nana" . Seitdem war es dabei geblieben, ganz selten nannte Ronja ihre Schwester bei ihrem richtigen Namen. Selbst ihre Eltern hatten den Spitznamen schon stellenweise übernommen. Finja ergab sich irgendwann, vielleicht würde „Nana" ja später auch gut als eine Art „Künstlername" passen. „Würdest du mir für Samstag die Halle dekorieren? Ich wüsste Keine, die das besser könnte als du." Lena musste lächeln. Ronja wusste meistens ganz genau, welchen Knopf sie bei ihren Mitmenschen drücken musste. Man konnte ihr wirklich selten etwas abschlagen. Wenn sie einen dann noch mit ihren grün-blauen Augen ansah war es um die Meisten geschehen. Finja stöhnte laut am anderen Ende der Leitung. „Das fällt dir JETZT ein? Heute ist Dienstag, ich habe am Freitag und Samstag ein Shooting in Mannheim im „Dorint", wie stellst du dir das vor? Hättest du das nicht ein bisschen früher sagen können? Mann Noni, echt, immer das Selbe mit dir. Kannst du dich nicht einfach mal ein bisschen besser organisieren?" „Uiuiui" flüsterte Lena vom Fahrersitz aus, und Ronja schüttelte genervt den Kopf. Auf eine Standpauke ihrer älteren Schwester hatte sie jetzt so überhaupt keine Lust. Eigentlich waren die beiden ja ein Herz und eine Seele. Aber seit sich Finja in den Kopf gesetzt hatte, bei Film, Funk-und Fernsehen Karriere zu machen hatte sie nur noch wenig Zeit für ihre Familie. Und noch weniger Verständnis für die geistigen Eskapaden ihrer kleinen Schwester. Ronja sammelte ihren ganzen Charme zusammen und flötete in den Hörer „ach bitte bitte bitte, ohne dein fachmännisches Dekowissen wird die Party zur geschmückten Vollkatastrophe. Und ich will nicht, das Anja auf die Idee kommt, die Kids schmücken zu lassen. Komm schon Nana, du bist doch meine beste, liebste, schönste und talentierteste zweitälteste Schwester überhaupt."

Noch bevor Finja sich den Satz nochmal genau durch den Kopf hatte gehen lassen war ihr schon ein resigniertes „na gut, meinetwegen" über die Lippen gerutscht. „Ich weiß nur noch nicht genau, wann ich dazu komme. Um wie viel Uhr geht das Ganze los am Samstag?" Ronja atmete auf. „Um sieben kommen die ersten Gäste, reicht also wenn du gegen vier Uhr loslegst. Ein Profi wie du schafft das doch locker in zwei Stunden." So, noch ein bisschen Honig um den Mund geschmiert und die letzte Hürde müsste genommen sein, dachte sie sich. „Also gut, wenn das Shooting planmäßig verläuft bin ich gegen halb vier da, ok?" „Spitze, du bist ein Schatz. Danke, hast was gut bei mir." Sie legte auf und freute sich, somit hatte sie ein Problem weniger. Lena schaute sie von der Seite an. „Na, die war ja schwer begeistert. So gestresst kenne ich Finja ja gar nicht." Ronja überlegte. „Stimmt, irgendwie klang sie total genervt und unter Druck. Vielleicht wird ihr das mit den ganzen Fortbildungen und Plänen so langsam doch zu viel. Die ist ja nur noch unterwegs. Ich rede mal mit ihr, wenn wir die Gelegenheit bekommen. Jetzt muss ich erst mal gucken wo mein Papa sich rum treibt." Ronja schnappte sich erneut ihr Handy und tippte drauflos.

Es klingelte und dann hörte man ein fröhliches „Tach" auf der anderen Seite. Ronja liebte ihren Papa. Er war wie ein gemütlicher, liebevoller Bär, immer für alle da, nie schlecht gelaunt, nichts war ihm zu viel. Schon als kleines Kind hing sie an ihm wie eine Klette, und als sein Nesthäkchen durfte sie sich immer etwas mehr erlauben als ihre beiden großen Schwestern. Sie konnte ihn mit einem Blick um den Finger wickeln. Bei ihrer Mutter war das schon schwieriger, die war Blicken gegenüber eher unempfänglich. Sie machte keinen Unterschied zwischen ihren drei Töchtern und ihren beiden Enkeln, in ihrem riesigen Herz hatten alle ihren eigenen Platz. Ronja liebte ihre Eltern sehr, dass sie die beiden während ihrer Ausbildung dann viel weniger sehen konnte war der einzige Wermutstropfen an dem Ganzen. Aber sie wusste, sie konnte jederzeit heim kommen, wurde stets mit offenen Armen empfangen. Bei Lena war das ein wenig anders. Ihre Eltern waren schon lange geschieden. Ihr Vater hatte die Familie wegen einer anderen Frau verlassen als Lena zehn war. Seitdem hatte ihre Mutter immer mal wieder wechselnde Lover, keiner war bisher dabei der sich als potenzieller „Ersatzpapa" geeignet hätte.

Lena fand die Situation die ersten Jahre unerträglich. Oft hatte sie versucht, ihre Eltern wieder zusammen zu bringen. Und war jedes mal kläglich gescheitert. Mit jedem neuen „Stiefvater", der sich nach einer gewissen Zeit wieder verabschiedete, wurde das Verhältnis zu ihrer Mutter komplizierter und schwieriger. Deshalb genoss sie die familiäre Herzlichkeit in Ronjas Familie umso mehr. Jetzt hörte sie lächelnd zu, als Ronja mit ihrem Papa sprach. „Du Paps, Lena und ich fahren gerade die Getränke nach Hartenrod. Könntest du eventuell kommen und die Garage aufmachen? Und uns vielleicht auch beim Ausladen helfen?" Ronja zwinkerte Lena zu. „Klar meine Kleine, ich bin gleich bei euch. Ich sag nur noch deiner Mutter Bescheid. Ich weiß nur nicht wo die rumschwirrt, wahrscheinlich hat sie sich wieder bei Greta festgebabbelt." Man hörte Georg, genannt Schorsch, durch den Hörer lachen. Er liebte seine Frau abgöttisch, seit fast vierzig Jahren waren die beiden ein Herz und eine Seele. Ronja hatte sich immer eine Beziehung wie die ihrer Eltern gewünscht. Aber sie wusste auch, das hinter so einer Ehe viel harte Arbeit und auch Verzicht stand. Aber eben auch tiefes Einverständnis, gegenseitiges

Vertrauen, Respekt und viel Liebe. Sollte sie irgendwann mal heiraten dann wollte sie genau so eine Ehe führen wie ihre Eltern.

Keine fünf Minute später standen Ronja und Lena vor der Garage in Hartenrod und warteten auf Ronjas Papa. Der kam eine Viertelstunde später und begrüßte die beiden Mädchen herzlich. „Ich soll euch sagen, deine Mutter hat Kuchen gebacken, ihr sollt nachher mit runter kommen zum Kaffee trinken. Mein Gott, wollt ihr einen Ausschank eröffnen? Wie viele Leute hast du denn noch eingeladen?" Georg schlug die Hände über dem Kopf zusammen. „Mein Mädchen wird erwachsen, kaum zu fassen. Und fängt offensichtlich an zu saufen." Er lachte laut und Lena und Ronja stimmten mit ein. „Keine Angst Paps, um die Vernichtung des Alkohols dürfen sich überwiegend die Anderen kümmern. Ich muss das nicht haben, von Zuviel wird einem ja eh nur schlecht." Ronja machte gespielte Würggeräusche und Georg murmelte in seinen Bart „ich will gar nicht wissen woher du das weißt." Ronja grinste. „Na gut, dann lasst uns mal euren Großeinkauf verstauen. Anja kommt später auch noch mit Leonie, Lennox bleibt Else." Else war die Mutter von Anjas Mann Reiner, sie wohnte nicht weit von Anja und Reiner entfernt. Die drei verstauten die Kisten und Flaschen in der Garage und machten sich dann auf den Rückweg zu Ronjas Elternhaus. Anja war mit Leonie schon da. Die fünfjährige liebte ihre Tante Ronja sehr und fiel ihr laut lachend in die Arme. „Na du kleine Zwiebel, was hast du heute schon alles angestellt?" Ronja stellte Leonie wieder auf die Erde, umarmte kurz ihre Schwester und gab ihrer Mutter einen Kuss auf die Wange. Die brachte gerade einen wunderbar duftenden Apfelkuchen mit Streuseln in den Hof, wo sich alle mittlerweile rund um den großen Tisch versammelt hatten. Ronja betrachtete ihre Mutter liebevoll. Sie sah aus wie Ende vierzig, dabei wurde sie in vier Jahren schon sechzig. Mathilda, von allen nur Mia genannt, hatte sich ihre Jugendlichkeit bewahrt. Sie hatte, für ihr Alter, eine wirklich ansehnliche Figur, ihr Kleidungsstil war frisch und fröhlich, ihr ganzes Wesen hell und strahlend. Wo sie hinkam erhellte sie quasi den Raum, sie hatte eine Art, die Menschen für sich zu gewinnen, die Ronja immer bewundert hatte. Das sie eigentlich selbst schon fast so war, wurde ihr kaum bewusst. Georg sah seine Frau liebevoll an und legte den Arm um sie. „Kommt meine Mädchen, setzt euch. Kann ich dir noch etwas helfen Mamutschka?" Leonie lachte laut, sie fand es immer brüllend komisch, wenn ihr Opa ihre Oma so nannte. Dabei tat er das schon seit vielen, vielen Jahren. Der Name hatte sich eingebürgert seit Anja ungefähr ein Jahr alt war. „Wenn du magst kannst du vielleicht den Kaffee raus holen. Leonie und ich schlagen noch die Sahne. Komm mein Schatz, du kannst der Oma helfen." Leonie wanderte begeistert mit in die Küche, die beiden Schwestern und Lena verteilten sich auf den Stühlen im Hof. „Und, wie läuft´s mit der Partyplanung?" Anja sah Ronja erwartungsvoll an. „Jo, geht. Du möchtest mir nicht auch vielleicht zufällig einen Salat machen?" Ronja zwinkerte schelmisch, sie wusste, das Salate nicht unbedingt die Stärke ihrer ältesten Schwester waren. Die sagte dann auch ziemlich flott „Nein, will ich nicht! Aber weißt du was? Ich backe dir zwei Bleche Kuchen, dann hast du noch was Süßes zum anbieten. Hast du Nana mal gefragt, ob sie auch was beisteuern möchte?" Ronja lächelte begeistert. „Und ob, die macht mir die Deko. Wegen irgendetwas zum Essen habe ich mich dann allerdings nicht mehr getraut, zu fragen. Die ist so komisch in letzter Zeit. Oder bin ich die Einzige, der das aufgefallen ist?"

Ronja schaute fragend in die Runde. Ihre Mutter und Leonie waren mittlerweile mit der geschlagenen Sahne aus der Küche zurück, und ihr Papa brachte gerade die Kaffeekanne. „Nein, du bist nicht die Einzige. Ich dachte auch letztens nach einem Telefonat mit ihr, dass ich sie unbedingt mal darauf ansprechen muss, wenn ich sie mal wieder sehe." Mathilda schaute besorgt ihren Mann an. Der fuhr ihr beruhigend über den Rücken. „Mach dir nicht immer so viele Sorgen, Mia. Die Kinder sind fast alle erwachsen, und sollten wissen, was sie tun. Und wenn Finja wirkliche Probleme hat weiß sie hoffentlich, dass sie jederzeit zu uns kommen kann. Jetzt gibt's erst mal Kuchen, wer will auch?" Alle streckten ihre Teller zu Mathilda, und die begann, zu verteilen. „Tante Ronja, gehst du nachher mit mir noch auf den Spielplatz?" Leonie sah sie mit großen, flehenden Augen an. Ronja wuschelte ihr durch die dichten, braunen Haare. „Klar, kleine Zwiebel. Machen wir. Wenn Mama damit einverstanden ist?" Leonie sah ihre Mutter bittend an. „Dürfen wir Mama? Biiitteee." Anja sah ihre kleine Tochter liebevoll an. „Klar dürft ihr, aber vielleicht solltest du dir vorher das Gesicht waschen. Du bist bis zur Nasenspitze mit Sahne verschmiert."

Mia meinte „na dann komm, kleines Schleckermäulchen. Machen wir dich mal spielplatztauglich." Als Ronja zehn Minuten später mit Leonie unterwegs war, begannen ihre Eltern, Anja und Lena mit der „geheimen" Planung der diversen Geburtstagsüberraschungen für Ronja. „Konntest du den Dj organisieren, über den wir gesprochen hatten?" Anja sah Lena fragend an. Die strahlte. „Ja, der kommt mit seinem gesamten Equipment am Samstag so gegen 18.00 Uhr in die Halle." Anja schaute zufrieden. „Super, dann können wir den von der Liste nehmen. Mama, hast du Tante Rosa und Onkel Karl erreicht?" Tante Rosa war Papas Schwester, Karl ihr Mann. Beide lebten schon lange in der Schweiz. Ronja liebte ihre Tante und ihren Onkel sehr, sah sie aber, wenn es hoch kam, nur eins bis zweimal im Jahr. „Ja, die beiden werden am Freitag kommen und im „Birkenhof" übernachten. Am Samstag tauchen sie dann als Überraschungsgäste auf." Mia strahlte, sie freute sich sehr auf ihre Schwägerin und ihren Schwager. Und sie freute sich schon jetzt auf Ronjas Gesicht. „Und ich habe auch schon die riesige Schleife fürs Auto besorgt."

Georg war sichtlich stolz auf sich, so offensichtlich, dass der ganze Tisch lachen musste. Mathilda beugte sich zu ihm rüber und drückte ihm einen Kuss auf die Backe. „Hast du super gemacht, jetzt müssen wir sie nur noch ums Auto fummeln." „Das mach ich" bot sich Lena an, „da müsst ihr euch nicht so verbiegen." Ronjas Eltern hatten ihr einen schwarzen Corsa gekauft, der mit rosa Blüten bedruckt war. Alle waren sich sicher, Ronja würde ihn lieben. „Von mir bekommt sie die passenden Schutzbezüge und Fußmatten". Lena freute sich wie ein Schneekönig über ihren „Fang". „Und von uns bekommt sie ein Jahr lang den Sprit bezahlt". Anja und Finja waren glücklich über ihre Idee, so mussten sie nicht irgendeinen Blödsinn kaufen, davon hatte Ronja definitiv mehr. Von Tante Rosa und Onkel Karl würde sie Geld bekommen. Die vier am Tisch hatten also die Planung fest im Griff, und das war gut so. Ronja hätte das im Leben nicht alleine hinbekommen. Sie war bekannt dafür, lieber erst mal allen Anderen den Vortritt zu lassen und sich dann am Endergebnis zu erfreuen. Mit dieser Masche war sie bisher ganz gut gefahren, es gab immer irgendjemand, der nur zu gerne bereit war, ihr einen Gefallen zu tun.

Zwei Stunden später waren Ronja und Leonie vom Spielplatz zurück. Beide hatten Sand im Gesicht und sahen gleichermaßen müde aus. Leonie fielen schon fast im Stehen die Augen zu. „Komm du kleiner müder Geist, sag Oma und Opa noch Tschüss. Wir müssen nach Hause, Else will heute Abend noch zu einer Bekannten, Reiner hat Dienst und Lennox morgen Schule. Wir sehen uns spätestens am Samstag." Mathilda packte noch ein paar Stücke Kuchen ein und winkte ihrer Ältesten und ihrer Enkelin hinterher, als die hupend vom Parkplatz fuhr. Lena verabschiedete sich auch, sie musste noch für ihre Mutter einkaufen. „Wir sehen uns morgen denke ich mal, ich brauche noch deinen Rat bezüglich meiner Kleiderwahl für deine Party. Du bist da ja jetzt schon bestens ausgestattet." Lena duckte sich weg, weil Ronja drohte, mit Apfelkuchen zu werfen, wenn sie sich nicht sofort vom Acker machen würde. Lachend rannte sie aus dem Hof. Mathilda, Georg und Ronja setzten sich noch ein wenig zusammen in den Hof und plauderten. Die Eltern genossen es, ihre Jüngste noch um sich zu haben. Bald würde das Haus etwas ruhiger werden. Wenn Ronja unter der Woche in Heidelberg sein würde und Finja immer mehr

Aufträge erhielt, wären Georg und Mathilda immer öfter allein. Finja hatte zwei Zimmer im Haus, war dort aber äußerst selten anzutreffen. Und wenn, dann erst spät Abends beziehungsweise nachts. „Ich lege mich ein wenig hin, was gibt's zum Abendessen, Mama?" Mathilda überlegte kurz. „Wie wäre es mit Pfannkuchen, ich habe gestern frische Marmelade gemacht." Georg und Ronja leckten sich über die Lippen. „Au ja, spitze. Dann weck mich einfach wenn das Essen soweit ist. Bis später". Sprach's und entschwand. Mathilda wollte ihr eigentlich hinterherrufen, dass sie gerne bei den Vorbereitungen helfen dürfe, aber da war Ronja schon durch die Tür verschwunden. „Also hat man da Töne? Ich glaube, das Fräulein braucht demnächst mal eine kleine Ansage". Mathilda schnaufte verärgert. Georg setzte sich neben sie und schenkte ihr nochmal Kaffee in ihre Tasse. „Ach Mia, lass sie doch. Auf sie wartet in nächster Zeit soviel Neues, da kann man solche „Kleinigkeiten" wie den mütterlichen Haushalt schon mal außer Acht lassen. Achtzehn werden ist nun mal kein Zuckerschlecken." Er lachte. Mathilda hätte gerne noch etwas gebrummelt, sah aber ein, dass ihr Mann recht hatte.

Sie stimmte in sein Lachen mit ein, und gemeinsam überlegten sie, was sie alles tun könnten, wenn alle Töchter aus dem Haus und gut versorgt waren. „Schorsch, ich mache mir trotzdem Sorgen um Finja. Irgendwas bedrückt sie, und ich habe keinen blassen Schimmer was es sein könnte. Ich hoffe, ich kriege sie am Samstag mal in ein paar ruhigen Momenten zu fassen, und sie sagt mir endlich, was los ist." Mathilda schaute traurig ihren Mann an. „Ich weiß, das ist sogar mir die letzten paar Male aufgefallen. Vielleicht wollte sie dir die ganze Zeit noch nichts erzählen, weil sie dachte, wir sind zu sehr mit der Planung von Ronjas Geburtstag beschäftigt. Bestimmt ist sie froh, wenn sie ein Problem hat, dass sie mit dir darüber reden kann." Er legte den Arm um sie, und gemeinsam blieben sie noch eine ganze Weile in stillem Einvernehmen friedlich nebeneinander im Hof sitzen. Mathilda hoffte, ihr Mann behielt Recht.

Der 18. Geburtstag

„Zum Geburtstag viel Glück, zum Geburtstag viel Glück, zum Geburtstag liebe Ronja, zum Geburtstag viel Glück." Mathilda stand mit einer riesigen Torte in Ronjas Zimmer. Darauf brannten 18 Kerzen, und vier kleine Sternspritzer sprühten Funken in den noch abgedunkelten Raum. Ronja rieb sich kurz die Augen und war dann schlagartig hellwach. Jaaa, heute war ihre 18. Geburtstag. Ab heute galt sie, vor dem Gesetz, als Erwachsene. Auch wenn ihre Eltern, und auch ihre Schwestern, die letzten Tage öfter gemeint haben sagen zu müssen, dass man erst DANN erwachsen sei, wenn das Verhalten und der Geist auch zum Alter passen. Auf alle Fälle hieß es aber, dass sie ab heute alleine Auto fahren durfte. Sie würde nachher gleich mal ihre Mutter um den Autoschlüssel des Familienautos bitten. Wobei, die wird sich bedanken, das war so schon jedes mal ein mittleres Drama wenn Ronja am Steuer saß. Warum auch immer traute ihr ihre Mutter keine verkehrssichere Fahrweise zu. Jedes mal, wenn sie auf dem Beifahrersitz saß, machte sie ein Gesicht, als ginge es aufs Schafott.

Ein paarmal hatte sie auch schon versucht, ihr ins Lenkrad zu greifen, und regelmäßig trat sie auf ihrer Seite imaginärer Pedale. Georg hatte schon Angst um das Bodenblech und machte Scherze über die linksseitig abgetretene Fußmatte. Ihre Mutter meinte dann immer empört „dann setz du dich doch beim nächsten Mal neben deine Tochter, wenn die meint, die „Rallye Dakar" und den „Nürburgring" auf die Strecke zwischen Wald-Michelbach und Affolterbach legen zu müssen. Ich schwitze jedes mal Blut und Wasser". Georg lachte dann meistens nur, mitgefahren war er aber bisher nur äußerst selten. Ronja schloss die Augen, blies die Kerzen aus und wünschte sich etwas. Dann sprang sie aus dem Bett und ließ sich fest von ihrer Mutter in die Arme nehmen. „Na mein großes Mädchen? Meine Kleine darf ich ja jetzt wahrscheinlich nicht mehr sagen." Mathilda wurde leicht schwermütig und rührselig, Ronja merkte genau, dass sie wohl die nächsten zehn Sekunden ein Taschentuch brauchen würde. Aber sie verstand das, es fühlte sich schon anders an, 18 zu sein. Wie seltsam musste das dann erst für ihre Mutter sein. „Mama, du darfst mein Leben lang „Kleine" zu mir sagen.

Erstens bin ich ja nun wahrhaftig nicht die Größte, und zweitens werde ich ja auch immer die Jüngste bleiben." Mathilda musste lachen, das war tatsächlich ein unschlagbares Argument. „Komm mit runter, dein Vater möchte dir auch gratulieren. Und wir dachten, wir könnten zur Feier des Tages in aller Ruhe zusammen frühstücken." Ronja strahlte. „Au ja, super. Gib mir fünf Minuten, ich bin gleich unten." Ihre Mutter schloss die Tür hinter sich und Ronja hörte sie leichtfüßig die Treppen runter laufen. Dann checkte sie die Nachrichten auf ihrem Handy. Ein paar ihrer Freunde, die auch heute Abend auf der Party sein würden, hatten ihr schon geschrieben und gratuliert, auch auf Facebook hatte sie ein paar frühe Gratulanten. Sie beeilte sich im Bad, zog sich schnell an und flitzte dann im Eiltempo die Treppenstufen hinunter. Schon im Flur roch es nach frischem Kaffee und Brötchen. Aber warum war es denn hier so laut? Ronja öffnete vorsichtig die Tür zur Küche. Und traute ihren Augen kaum. Dort standen neben ihrer Mutter und ihrem Vater ihre beiden Schwestern und Lena. Leonie und Lennox hatten sie entdeckt und riefen laut „Da isse". Die versammelte Mannschaft drehte sich um und nahmen sie der Reihe nach in den Arm.

Dann sagte ihr Vater „bist du schon straßentauglich angezogen? Wir müssten mal kurz vor die Tür." Ronja war aufgeregt, was hatten ihre Eltern jetzt schon wieder vor? Sie kannte die beiden, denen fiel immer irgendetwas besonders Verrücktes ein. Als Lennox damals auf die Welt kam hatte ihr Papa eine Wiege gebaut die aussah wie ein kleines Boot. Er hatte sie wunderschön angemalt und mit den verschiedensten maritimen Figuren beklebt, die Mama vorher angemalt hatte. Anja und ihr Mann waren damals hin und weg. Ronja wusste also, im „Geschenke machen" waren die beiden unübertroffen. Als Ronja zur Haustür draußen war kam ihre Mutter mit einem Geschirrtuch in der Hand ums Eck. „Halt, erst Augen verbinden, dann darfst du weiter." Sie wickelte das Stück Stoff so fachmännisch um Ronjas Gesicht, dass diese fast keine Luft mehr bekam. Finja rief „die Augen, Mama, nur die Augen. Nicht das ganze Gesicht. Gib mal her!" Sie nahm Ronja das Tuch nochmal runter, drehte es ein paarmal, legte es ihr dann auf die Augen und band es am Hinterkopf zusammen. „So, jetzt macht das eher Sinn. Warte, ich denke, ich sollte dich besser führen.

Bevor du noch der Länge nach auf den Asphalt segelst." Sie nahm Ronja sanft am Arm, und zusammen zog die siebenköpfige Kolonne Richtung Straße. Unweit vom Haus war ein kleiner Parkplatz. Dort stand, schon von Weitem gut sichtbar, ein schwarzer Corsa mit rosa Blüten und einer riesigen, rosafarbenen Schleife. Ihre Mutter hatte noch einen Aufkleber anfertigen lassen, der jetzt auf dem hinteren linken Kotflügel klebte: „Ronjas Rennsemmel". Darunter dick und fett „hab Geduld mit mir, ich übe noch". Diesen Spruch konnte man, vorausschauenderweise, leicht wieder entfernen. Lena hatte ihre Fußmatten und passenden Schonbezüge schon ins Auto montiert, und alle waren unglaublich gespannt, wie Ronja reagieren würde. Leonie hüpfte vor lauter Aufregung von einem Bein aufs andere. Lennox war mir seinen acht Jahren zu „cool" um diese weibliche Hysterie nachvollziehen zu können, und hielt sich da lieber an seinen Opa. Als endlich alle am Parkplatz angekommen waren wurde es einen kleinen Moment ganz still. Finja zählte lautlos mit den Fingern bis drei, dann riss sie Ronja die Augenbinde runter. Anja hatte ihr Handy im Anschlag und filmte die Szene.

Allesamt riefen laut „Überraschung" und Ronja musste sekundenlang erst mal blinzeln.Dann riss sie ungläubig die Augen auf. Mit einem Blick war das irgendwie gar nicht richtig zu erfassen und völlig sinnlos stotterte sie „I..I..Ist das etwa ein Auto??" Finja rollte mit den Augen, der Rest lachte schallend. „Nein, du Dummbär, das ist eine Badewanne auf Rädern mit Hybridantrieb. Ganz modernes Teil sag ich dir, sowas sieht man selten auf der Straße. Du bist eine der Ersten, die es fahren darf." Sie knuffte Ronja in die Seite und kicherte. Ihr Vater klang äußerst amüsiert als er ihr einen Schlüssel in die Hand drückte und sagte „möchte das Geburtstagskind mal eine Runde in ihrer neuen Badewanne drehen, oder sollen wir erst Wasser einlassen?" Mathilda und Anja schnappten schon nach Luft vor lauter Lachen. Dann realisierte Ronja, dass das tatsächlich kein Traum war, sondern hier vor ihrer Nase ihr erstes eigenes Auto stand. Ehrfürchtig ging sie langsam drumherum, streichelte die Scheinwerfer, fuhr mit der Hand sachte über die Außenspiegel und versuchte, einen Blick durch die Scheibe in den Innenraum zu erhaschen. Bis Finja meinte „meinst du nicht, wenn du das Auto mit dem Schlüssel, den du da gerade in der Hand hältst, aufschließt und die Tür aufmachst, dass du dann etwas mehr siehst?" Stimmt, soweit hatte Ronja in der Aufregung nicht wirklich gedacht. Sie drückte den Knopf der Zentralverriegelung und öffnete gaaaanz vorsichtig die Fahrertür. Im Inneren roch es herrlich noch neuem Auto. Dann fiel ihr Blick auf die Sitzbezüge. Da waren ihre ganzen Lieblingsfarben vereint, in der Mitte auf dem Rückenteil stand jeweils „Ohne dich ist alles doof". Ronja hatte bisher kaum etwas sagen können, sie war noch viel zu aufgeregt und konnte das alles gar nicht richtig glauben. Ihre Mutter und ihr Vater standen Arm in Arm neben dem Auto, sie rannte hin und fiel beiden mit einem lauten Juchzer in die Arme. „DANKE, DANKE, DANKE, oh Gott, ich halt's kaum aus. Das ist ja der WAHNSINN!!" Lena rief aus dem Hintergrund „die Sitzbezüge sind von mir, falls das jemand wissen möchte". Dabei betrachtete sie scheinbar völlig desinteressiert ihre Fingernägel. Ronja warf sie fast um als sie sich bedankte. „Ich hoffe, du hast dir dein Auto schon KOMPLETT angesehen. Es könnte nämlich sein, dass du da gewisse Dinge bisher übersehen hast." Anja zwinkerte verschwörerisch, und Ronja lief einmal ums Auto rum.

Am Heck blieb sie stehen und starrte auf den Aufkleber. „MAMA!" „Ja, mein Schatz?" Ihre Mutter sah sie unschuldig an. „Jetzt tu doch nicht so, solche Ideen können nur von dir kommen." Mathilda musste lachen. „Keine Angst, der „Warnaufkleber" geht leicht wieder runter zu machen. Wobei ich ihn die ersten drei Monate mal drauf lassen würde." Georg nickte bestätigend. „So weiß man wenigstens, dass du nicht absichtlich so seltsam fährst." Er schlug die Hand vor den Mund, konnte aber das Lachen nicht mehr zurückhalten. „Darf ich mal damit fahren?" Finja brummte „nein, dieses Auto ist nur zum GUCKEN, fahren darfst du weiterhin mit dem Bus." Ihre Mutter sah sie von der Seite an. Was hatte ihre Mittlere nur für ein Problem? Sie musste unbedingt sobald wie möglich mit ihr reden. Diese seltsame Laune hatte sie nun schon einige Wochen, keiner wusste wirklich, warum. Nun ja, vielleicht ergab sich ja heute mal eine gute Gelegenheit. Dann sagte Finja aber „ich muss jetzt los, ich muss um zehn in Mannheim sein. Sonst schaffe ich es nicht mehr pünktlich zur ersten Aufnahme. Gegen halb vier versuche ich, wieder da zu sein. Dann schmücke ich dir die Halle, Schwesterchen."

Sie drückte Ronja nochmal fest an sich und winkte dem Rest zu. „Bis später, esst ein Stück Torte für mich mit." Dann stieg sie in ihren alten Polo und fuhr los. Anja sah ihre Mutter an. „Mach dir nicht so viele Gedanken, es wird schon nichts Schlimmes sein. Vielleicht hat sie einen neuen Freund und hat jetzt Krach mit ihm. Oder Ärger und Stress bei der Arbeit." „Ja, vielleicht". Mathilda war skeptisch, ließ Anjas Worte aber ansonsten unkommentiert. Heute war der große Tag ihrer „Kleinen", den wollten sie sich nicht versauen lassen. Sie sagte zu Ronja „willst du nicht zusammen mit Lena eine kleine Spritztour unternehmen? Und wenn ihr wieder da seid frühstücken wir." Sie drückte sie an sich und wischte sich heimlich ein Tränchen aus den Augenwinkeln. Ronja schaute Lena beinah verschwörerisch an, dann ließ sie sich mit einem kleinen Jubellaut auf den Fahrersitz fallen. Lena lief ums Auto herum und stieg auf der Beifahrerseite ein. „Ich sag dir eins, wehe dir, ich erlebe nachher den Anschnitt der Torte nicht. Du wirst mich schön vorsichtig und aufmerksam durch die Gegend kutschieren, haben wir uns verstanden??" Eigentlich wollte Lena witzig klingen, aber man sah ihr eine gewisse Besorgnis durchaus an.

„Keine Angst, ich fahr ganz langsam. Du wirst mit gar niemand anderem mehr fahren wollen als mit mir." Sie lachte und warf ihre neue „Rennsemmel" an. Voller Besitzerstolz schloss sie die Tür, haute krachend den ersten Gang rein und gab Gas. Lena klammerte sich instinktiv am Türhaltegriff fest und bekreuzigte sich dreimal. Ronja sah sie spöttisch an und schlug den Weg Richtung Hauptstraße ein. Mathilda sah ihnen noch eine Weile nach und folgte dann Georg, Anja und den Kindern in den Hof. Da das Wetter immer noch herrlich war deckten alle zusammen draußen den Frühstückstisch und warteten auf die Rückkehr von Ronja und Lena. „Sobald Finja nachher wieder da ist werde ich mit ihr reden. Irgendetwas nagt an ihr, sie wirkt so bedrückt." Mathilda dachte laut nach. „Ja, und außerdem ist sie ganz schön zickig, die Gute." Anja hatte sich schon die letzten Wochen immer mal wieder über das Verhalten ihrer jüngeren Schwester gewundert. Eigentlich war Finja ein Mensch zum Pferde stehlen, verlässlich, humorvoll, immer für einen da. Der Zusammenhalt unter den drei Schwestern war, trotz des Altersunterschiedes, immer sehr eng und vertrauensvoll gewesen. Jetzt bekam man

Finja kaum noch zu Gesicht, und wenn, dann war sie schlecht gelaunt oder schnauzte einen schnell grundlos an. Ihre Mutter hatte also recht, irgendwer musste dringend herausfinden, was innerhalb der letzten Wochen passiert war. Eine halbe Stunde später kamen Ronja und Lena zurück, die eine glücklich strahlend, die andere leicht blass um die Nase. „Ihr hättet euer Tochter einen Panzer kaufen sollen, das wäre erheblich sicherer gewesen." Lena ließ sich in einen der Stühle fallen und atmete tief ein und wieder aus. „Echt jetzt, erinnert mich daran, dass ich meine Lebensversicherung ändere." Ronja winkte ab. „Ach, stell dich doch nicht so an. Ich glaube ja, der Fahrradfahrer wäre auch ohne mich vom Rad gefallen." Sie musste lachen. „Der Platz hätte locker für uns beide gereicht". Mathilda schlug erschrocken die Hand vor den Mund. „Du hast einen Fahrradfahrer angefahren??" „Nein, beruhige dich." Ronja legte den Arm um sie. „Der dachte scheinbar nur, das der Platz auf der Straße zu eng wird und wollte ausweichen. Dabei ist er an den Randstein gekommen und quasi in Zeitlupe umgefallen. Der hat ganz schön gemeckert. Aber dann hat Lena alle weiblichen Register gezogen, hat ihm ihr Dekolleté vor die Augen gehalten, mit den

Wimpern geklimpert und sich entschuldigt.Ich hätte heute Geburtstag und wäre wohl deshalb etwas übermütig. Sie würde ab jetzt besser auf mich aufpassen, es wäre ja schade, wenn ich noch mehr so süße Verkehrsteilnehmer zu Fall bringen würde. Schon war er besänftigt und hat versprochen, von einer Anzeige wegen Bedrängnis abzusehen. Wobei, zu Lena hat der dann noch gesagt „Von Ihnen würde ich mich gerne mal bedrängen lassen". Jetzt überlegt sie schon die ganze Zeit, was sie zu dem Date anziehen soll." Ronja lachte und Lena streckte ihr die Zunge raus. „Was denn? Du musst zugegeben, das der echt süß war. Und ich hatte jetzt echt schon lange keinen Freund mehr." Stimmt", Ronja überlegte, „also gute drei Wochen waren das jetzt bestimmt. Den Schlag auf den Hinterkopf, den Lena ihr versetzte, nahm sie lachend in Kauf. „So Kinder, setzt euch, lasst uns frühstücken."Mathilda brachte frischen Kaffee in den Hof, und die nächsten drei Stunden saßen alle friedlich und gemütlich zusammen, aßen, lachten und besprachen, was noch für die Party am Abend getan werden musste. Es würden ungefähr dreißig Gäste kommen. Viele Freunde von Ronja, Freunde der Familie und einige Nachbarn.

Georg hatte versprochen, zu grillen. „Na, Lennox, hilfst du dem Opa nachher bei der Fleischbeschaffung?" „Au ja, gehen wir in den Wald?" Georg lachte schallend. „Nein, wir schießen uns ein paar eingelegte Steak und Würstchen beim Metzger. Wenn wir beide heute noch etwas zum Essen jagen müssten gäbe es, glaube ich, heute Abend nur Salat und Brot." Mathilda lächelte. „Und das hole ich nachher noch vom Bäcker. Anja, hast du Kuchen gebacken?" „Klar, habe ich doch versprochen. Die Bleche bringt Reiner nachher mit. Else und Jürgen werden auch kurz kommen, die können aber nicht ganz so lange bleiben. Else hat gerade so Probleme mit ihrem Rheumatismus." Die Schwiegermutter von Anja war 15 Jahre älter als Mathilda und schon immer leicht kränklich gewesen. „Meine Mutter hat auch versprochen, vorbei zu schauen. Wenn ihr neuer Lover nicht schon wieder andere Pläne hat." Lena schüttelte missbilligend den Kopf. Katrin, ihre Mutter, war erst 37 Jahre alt. Sie war früh Mutter geworden und hatte die Ehe mit Lenas Vater ziemlich schnell gegen die Wand gefahren. Der hatte sich dann auch recht schnell getröstet, während Katrin immer noch nach der wahren Liebe suchte.

Die fand sie zwar nicht in wechselnden Männerbekanntschaften, aber Spaß hatte sie damit allemal. Und irgendwann würde schon noch der Richtige kleben bleiben. So ein kleines bisschen hatte Lena manche „Eigenarten" ihrer Mutter wohl vererbt bekommen. Auch sie genoss die Aufmerksamkeit der Männerwelt, die ihr zu Füßen lag, und nutzte das manchmal ganz schön aus. Erst vor kurzem hatte sie einem Unternehmersöhnchen einen Kurzurlaub an der Côte dÁzur aus dem Kreuz geleiert, mit allem Drum und Dran. Und als sie wieder zuhause waren hatte sie ihn fallen gelassen wie eine heiße Kartoffel. Ronja war da anders, auch wenn sie ebenfalls für ihr Leben gerne flirtete. Mit einem Mann „spielen" kam aber nicht in Frage, das ließ ihre Erziehung nicht zu. Wenn sie merkte, dass das alles nicht passte musste er eben gehen. So wie Tim. Mittlerweile war es schon fast drei Uhr nachmittags und man hörte unten an der Straße ein Auto parken. Georg brachte mit Hilfe von Ronja und Leonie gerade die Geburtstagstorte und das Kaffeegeschirr in den Hof, als Finja in Begleitung einer jungen, hübschen Frau durchs Tor trat. Mathilda, Anja, Ronja und Lena sahen auf und warteten gespannt.

Finja stand eine offensichtliche Anspannung ins Gesicht geschrieben, die Frau neben ihr wirkte unglaublich nervös. „Darf ich euch vorstellen, das ist Doro", Finja holte tief Luft, „meine Freundin!" Sie legte den Arm um sie und zog sie fest an sich. „Wir sind seit einem fast einem halben Jahr zusammen und lieben uns sehr. Dumme Sprüche könnt ihr euch sparen, sonst sind wir hier schneller wieder weg, als ihr das Wort „Lesbe" auch nur aussprechen könnt!" Man merkte Finja an, wie groß der Druck auf ihr lastete, wie viel Kraft es sie kostete, jetzt hier vor ihrer Familie zu stehen. Es herrschte sekundenlanges, ungläubiges Schweigen, dann ergriff Mathilda beherzt das Wort. Mit offenen Armen ging sie auf Doro zu und schüttelte ihr die Hand „Hallo Doro, schön Sie kennenzulernen. Kommen Sie doch herein und nehmen Sie Platz. Wir wollten gerade Ronjas Geburtstagstorte anschneiden, ich hoffe doch, Sie essen auch ein Stück. Ronja, holst du mal noch zwei Gedecke für Finja und Doro? Setzt euch, kommt schon." Doro lächelte und schob sich verlegen eine Haarsträhne ihrer schwarzen Locken hinters Ohr. „Sehr gerne Frau Blomen." „Sagen Sie doch Mia zu mir" bot Mathilda ihr an. Doro nahm Platz. „Sehr gerne, danke schön", sie strahlte Finja dabei an. Die war sichtlich verlegen und wusste nicht genau, wohin mit sich. Sie setzte sich neben Doro, wenn auch mit gebührenden Abstand. Ronja beobachtete Doro von der Seite, sie war immer noch völlig perplex. DAS also steckte hinter Finjas fürchterlich schlechter Laune. Und eigentlich war die völlig unbegründet. Doro sah unheimlich sympathisch aus, auch wenn sie, rein äußerlich, das absolute Gegenteil von Finja war. Sie trug ein weit geschnittenes, schwarzes Top, das ihre tätowierten Oberarme freigab, dazu eine Leggings, darüber sehr kurze Jeans-Shorts. In ihrer Nase und ihrer Augenbraue glitzerte ein Piercing. Die hellblauen Augen waren dramatisch, aber perfekt geschminkt, die Haare auf eine gekonnte Art unordentlich. Und sie hatte ein absolut gewinnendes Lächeln. Ronja beugte sich zu ihr hinüber. „Hi, ich bin Ronja, auch Noni genannt, Finjas jüngste Schwester. Schön, dich kennenzulernen." Doro lächelte. „Hi, ach so, herzlichen Glückwunsch zum Geburtstag. Finni hat schon erzählt, das du heute volljährig wirst. Ich hoffe, es macht dir nichts aus, wenn ich ihr nachher ein bisschen beim dekorieren helfe." Sie zwinkerte Finja zu.

Die errötete leicht, sah aber mittlerweile im Großen und Ganzen ziemlich glücklich aus. Dann ergriff auch Anja das Wort und reichte Doro die Hand quer über den Tisch. „Hallo Doro, ich bin Anja, die Älteste der drei Hühner. Herzlich Willkommen. Mensch Finja, wieso hast du sie uns denn so lange vorenthalten?" Finja schluckte und sah ihren Vater an. Der lächelte ihr aufmunternd zu. In seiner Familie gab es keine Vorurteile, so hatten er und seine Frau auch die drei Mädchen erzogen. Und wenn seine Mittlere jetzt eine Frau liebte, dann war das halt so. Für ihn was es die Hauptsache, dass seine Kinder glücklich waren. „Ich wusste nicht, wie ihr alle reagiert. Doro und ich haben uns bei einem Shooting kennengelernt, sie ist Frisurenmodel. Ich habe ihr die Haare gemacht und wir sind nach dem Shooting noch etwas trinken gegangen. So ergab irgendwann Eins das Andere und ich merkte, dass meine Gefühle mehr wurden als nur freundschaftlich. Von Doro wusste ich, dass sie auf Frauen steht, bei mir war mir das ziemlich neu. Aber wisst ihr was? Ich bin gerade sehr, sehr glücklich." Sie strahlte. Mathilda schüttelte leicht den Kopf. Finja sah erschrocken zu ihr hinüber. „Mama, was ist denn los?"

Sie klang misstrauisch, schon fast ängstlich. „Hattest du wirklich geglaubt wir enterben dich, wenn du eine FRAU mit nach Hause bringst? So gut solltest du uns aber mittlerweile kennen. Das sieht doch ein Blinder mit dem Krückstock das ihr beide schwer ineinander verliebt seid. Und du glaubst gar nicht, wie gut mir das tut, dich so zu sehen. Ich habe mir schon solche Sorge gemacht. Ich dachte schon, du bist krank oder hast berufliche Schwierigkeiten. Nein, verliebt ist das Kind, sonst nix. Und macht auch noch so ein Drama daraus." Mathilda schlug sich leicht mit der flachen Hand gegen die Stirn, der Rest am Tisch musste lachen. Finja stand auf und umarmte ihre Mutter ganz fest. „Danke Mama, dass du so bist wie du bist." Dann drückte sie ihrer Mutter einen dicken Kuss auf die Backe. „So, genug emotionale Höhenflüge für heute, jetzt gibt's Torte." Georg hatte sich mit dem großen Küchenmesser bewaffnet und überreichte es Ronja. „Und das Geburtstagskind darf natürlich anschneiden." Ronja teilte die Schokotorte in einigermaßen gleich große Schnitte und ließ sich von jedem reihum den Teller geben. Finja schenkte in der Zwischenzeit Kaffee ein und Georg hatte eine Flasche Sekt geöffnet. Die Kinder bekamen

Orangensaft. Dann stießen sie auf Ronja an. Die freute sich schon wie ein kleiner Schneekönig auf ihre Party. Jetzt war es halb drei, das hieß, sie müssten so in einer Stunde in der Halle sein, um pünktlich mit allem fertig zu werden. Da Finja ja jetzt tatkräftige Unterstützung hatte, würde das Schmücken schneller und einfacher gehen wie angenommen. „Nana, würdest du mir vielleicht die Haare machen und mich ein bisschen schminken für heute Abend?" Ronja sah ihre Schwester mit flehenden Blick an, und machte sich bereit für eine mürrische Abfuhr. Die aber hatten weiterhin ein ziemlich zufriedenes Grinsen im Gesicht. „Klar hübsche ich dich ein bisschen auf, Noni. Ich würde sagen, wir fahren demnächst erst schnell in die Halle und danach machen wir uns partyfein." Sie rieb sich die Hände und warf Doro einen verliebten Blick zu. „Es ist doch ok, wenn Doro heute Nacht bei mir bleibt, oder?" Finja sah ihre Eltern fragend an. „Schätzchen, du bist 24, seit wann musst du denn noch fragen, wenn jemand bei dir übernachtet?" Georg musste lachen. Es tat ihm gut, zu sehen, das Finja offensichtlich ziemlich glücklich mit dieser jungen Frau war. „Ich fahr auch hoch an die Halle, ich möchte nach dem

Grill sehen und noch ein paar Tische und Stühle aufbauen. Kommst du mit Mia?" Georg hatte seinen Autoschlüssel schon in der Hand. „Nein, geht ihr mal. Ich mache hier noch Ordnung und der Nudelsalat ist auch noch nicht ganz fertig. Nimmst du gleich das Brot mit und die anderen beiden Salate? Dann haben wir nachher nicht mehr ganz so viel zum schleppen." Sie ging in die Küche und holte zwei ziemlich große Schüsseln mit Deckel, dann lief sie nochmal zurück und brachte vier große Tüten mit Brötchen und Baguette. Georg schlug gespielt die Hände über dem Kopf zusammen. „Wie viele Kompanien tauchen denn heute Abend auf?" Mathilda winkte ab. „Besser ein bisschen zu viel als dass jemand hungrig heim gehen muss." Anja, Finja und Ronja feixten. Sie kannten ihre Mutter nur zu gut. Für sie war wichtig, das sich die Gäste wohl fühlten und gut versorgt waren. Was das Essen betraf sollte es da für den Abend schon mal keine Probleme geben. Dann gingen alle zu ihren Autos. Lena fuhr mit Ronja in ihrem „Geburtstagsgeschenk", Anja und die Kinder fuhren selbst und Georg hatte sich, mitsamt den Schüsseln und Tüten zu Finja und Doro ins Auto gesetzt. Mathilda atmete auf als alle fort waren. So sehr wie sie ihre Familie auch liebte, so froh war sie, wenn sie zwischendurch mal ein paar Minuten Ruhe hatte. Sie schenkte sich den Rest Kaffee aus der Kanne in die Tasse. Er war zwar mittlerweile kalt, aber das störte sie wenig. Greta winkte über den Zaun rüber. „Na, seid ihr schon gerichtet für heute Abend?" „Fast, wir liegen quasi in den letzten Zügen." Mathilda lachte. Sie wollte Greta gerne von Finja und ihrer neuen Liebe erzählen, sparte es sich aber lieber für einen ruhigeren Tag auf. Heute war dafür definitiv der falsche Zeitpunkt dafür. Greta verschwand ins innere ihres Hauses und Mathilda begann, tief seufzend, den Tisch abzuräumen. In der Halle in Hartenrod herrschte in der Zwischenzeit geschäftiges Treiben. Finja und Doro kämpften mit Luftschlangen, Girlanden, Ballons und allerlei Kleinkram, Georg brachte, mit Hilfe von Leonie und Lennox, nochmal den Grill auf Vordermann und befüllte ihn mit Holz und Papier. So würde es nachher schneller gehen. Anja, Ronja und Lena suchten Geschirr und Besteck und falteten Servietten. Außerdem legten sie Tischdecken auf die Tische und stellten Gläser darauf. Um halb fünf räumte Finja die letzte leere Dekokiste zurück in den Kellerraum und legte zufrieden den Arm um Doro.

„Das haben wir super hinbekommen, danke das du mir geholfen hast." Sie lächelte ihre Freundin glücklich an und drückte ihr einen leichten, zarten Kuss auf die Lippen. Auch wenn sie sich danach etwas beschämt umsah. Noch war ihr der Körperkontakt mit Doro in der Öffentlichkeit etwas peinlich, gerade im Beisein ihrer Familie. Aber Doro hatte vollstes Verständnis, und freute sich über diese kleine Liebesbekundung. „So konnte ich wenigstens in deiner Nähe sein. Hatte also absolut nur Gutes meine liebe Finni. Ich geh kurz für kleine Mädels. Dann sollten wir uns so langsam umziehen, oder?" Sie strich Finja kurz und liebevoll über den Arm und lief dann Richtung Treppe. Finja sah ihr verliebt hinter her und merkte nicht, das Anja und Ronja neben sie traten. Anja knuffte sie in die Seite. „Hast du sehr gut gemacht Schwesterherz." Finja sah sich um. „Ja stimmt, die Halle sieht jetzt toll aus." Anja sah sie an. „Das habe ich nicht gemeint. Du hast eine absolute richtige und gute Entscheidung getroffen. Doro ist klasse und tut dir offensichtlich wirklich gut." „Jaaa, und PUHH, deine Laune ist Gott sei Dank jetzt auch nicht mehr so beschissen wie die ganze Zeit", Ronja flitzte schnell aus der Halle, um Finjas geplanter Kopfnuss zu entgehen.

Dabei rannte sie fast Doro über den Haufen. „Ja ja, die Jugend, immer so stürmisch unterwegs." Sie schmunzelte. „Wie alt bist DU eigentlich" fragte Ronja. „Ich bin 27, seit zwei Jahren Single, also gewesen, kinderlos, wohne in einer gemütlichen Wohnung in Weinheim, habe keine Haustiere, dafür noch einen älteren Bruder, Kleidergröße 36, Schuhgröße 39 und noch alle meine eigenen Zähne. Ich verreise gerne, und liebe gutes Essen und deine Schwester." Sie schaute Ronja schelmisch an. Die musste lachen. „Ok, jetzt bin ich hinreichend informiert. Ich freue mich auf alle Fälle sehr für euch." Finja trat hinzu. „Finger weg, die gehört mir." Sie umarmte Doro. „Kommt schon, ich dachte, wir wollten uns noch stylen. Es ist schon fünf, in zwei Stunden geht's los. Das heißt, das Geburtstagskind sollte nach Möglichkeit nicht als Letzte die werte Stätte betreten sondern schon da sein, wenn die Gäste auftauchen. Also auf nach Hause, Mädels." Stimmt, Finja hatte absolut recht, sie sollten sich etwas beeilen. Sie fuhren mit zwei Autos wieder zurück zu Ronjas Elternhaus, Georg, Anja und die Kinder waren noch in der Halle geblieben. Georg hatte noch ein kleineres Problem mit dem Grill, der tat irgendwie nicht das, was er sollte.

Anja war schon „feierfertig" angezogen, und da sie eh keinen großen Wert auf Farbe im Gesicht legte wartete sie mit den Kindern darauf, dass ihr Vater den Grill in den Griff bekam. Daheim hatte Mathilda mittlerweile alles Essbare für die Party vorbereitet und verpackt. Und sie war bereits geduscht, umgezogen und fertig zum Gehen. Die vier Mädels, beziehungsweise jungen Frauen, zogen sich in Ronjas Zimmer zurück. Lena hatte schon morgens eine Tasche mit Wechselklamotten zu Ronja gebracht und zog sich jetzt um. Während Finja Ronja schminkte ging Doro ins Bad um ihr Make-up aufzufrischen und sich ein hübsches, halblanges, schwarzes Kleid anzuziehen. Als Ronja fertig war stellte sie sich unschlüssig vor ihren Kleiderschrank. Eigentlich hatte sie ja schon Anfang der Woche entschieden, was sie auf ihre Party anziehen wollte. Jetzt überlegte sie hin und her. Dann griff sie entschlossen zu einer Jeans mit bunten Blumenapplikationen und einem T-Shirt. Sie schlüpfte in beides und drehte sich dann zufrieden vor dem Spiegel. Ja, so war das perfekt. Finja hatte ihr ein paar leichte Locken gedreht, und sie echt toll geschminkt. Ronja fühlte sich pudelwohl, und gerade gar nicht so wie 18.

Sie kam sich eher vor wie 14 oder 15, und sie war regelrecht aufgeregt wegen heute Abend. Sie freute sich sehr auf ihre Freunde und auf ihre ganzen anderen Gäste. Das würde bestimmt fantastisch werden. Lena kam zur Tür rein und betrachtete Ronja. „Find ich toll, das du dich dafür entschieden hast. Außerdem sieht es in der Kombi echt super aus." Lena streckte den Daumen nach oben. Finja und Doro kamen zurück ins Zimmer und mussten lauthals lachen, als sie Ronja sahen. „Dreh dich mal um. Oh mein Gott, so ein Shirt brauche ich auch." Doro wischte sich die Tränen aus den Augenwinkeln, so sehr musste sie lachen. Finja hatte sich für eine enge, hellblaue Jeans und ein schwarzes Oberteil mit Pailletten entschieden. Lena trug ein kurzes, rotes Kleid und hatte sich die Haare hochgesteckt. Nach ihr würden die Männer sich heute Abend wieder alle Finger lecken. Dann gingen sie zu viert runter zu Mathilda, die schon im Flur auf sie wartete. Auch sie hatte sich hübsch gemacht, trug eine schwarze Hose und eine bunte Bluse im Boho-Style. Im Haar trug sie ein dazu passendes Band, und sie war dezent geschminkt. Doro pfiff leise durch die Zähne, und Ronja meinte „wow Mum, du siehst fantastisch aus.

Da werden Papa aber nachher die Augen raus fallen." Sie zwinkerte ihrer Mutter zu. Die wiederum grinste als sie sah, was Ronja anhatte. „Na, fandest du das T-Shirt auf einmal doch nicht mehr so bescheuert? Auf alle Fälle siehst du spitze aus. Kannst froh sein, dass ich das Alpaka noch so verteidigt habe. Dein Vater wollte damit schon das Auto polieren. Und ich finde es nach wie vor unglaublich passend, vor allem den Spruch." Mathilda lächelte und freute sich wirklich darüber, dass ihre Jüngste sich dazu entschlossen hatte, das tanzende, schielende und trötende Alpaka doch noch anzuziehen. Die fünf Frauen hatten beschlossen, mit Finjas Auto zu fahren. Doro trank keinen Alkohol und konnte somit heute Nacht Taxi spielen. Ronja wäre eher gelaufen als mit dem Auto zu fahren, schließlich war es ja IHRE Party. Sie wollte sich zwar jetzt nicht hemmungslos die Kante geben, aber das ein oder andere Gläschen Sekt oder ein Cocktail würde wohl den Weg in ihr Innerstes finden. Gerade, als sie alle im Pulk Richtung Auto liefen kam Anja mit Georg und den Kindern. „Opa hat den Grill kaputt gemacht" rief Leonie schon von Weitem. Georg hievte sich von der Rückbank.

Mit seinen 65 Jahren war er zwar bei weitem noch kein steinalter Mann, aber in letzter Zeit machten ihm seine Knochen ziemlich zu schaffen. Manchmal konnte er Nachts nicht schlafen, weil ihm die Beine oder der Rücken schmerzte. Er hatte Mathilda noch nichts davon erzählt, er wollte nicht, dass sie sich Sorgen machte. Außerdem hatte sie die letzte Zeit die Sache mit Finja sehr belastet, da wollte er nicht auch noch für Kummer sorgen. Wenn die Schmerzen nicht besser werden würden würde er demnächst wohl mal einen Arzt aufsuchen müssen. „Ich habe MITNICHTEN den Grill kaputt gemacht, lediglich der Griff vom Deckel hat sich vorhin verabschiedet. Innen ist alles gut, der Nahrungszubereitung steht also nichts im Weg. Alter Verwalter!! Wo kommt die heiße Frau denn auf einmal her? Mamutschka, bist du's?" Leonie und Lennox lachten. Ihre Oma wurde ja ganz rot im Gesicht. „Schorsch, lass doch so Sprüche vor den Kindern." Dabei sah sie ihn aber verschmitzt an. „Freut mich, dass ich dir gefalle. Ich habe mir ja auch echt Mühe gegeben. Kommt ihr dann auch?" Sie sah Anja an. „Ja, Papa will noch schnell duschen, dann sind wir wieder oben. Gib uns eine halbe Stunde." Also quetschten sich Ronja, Finja und Lena auf den Rücksitz, Mathilda kam nach vorne auf den Beifahrersitz und Doro fuhr. Als sie neben der Halle parkten war es halb sieben. Gerade richtig um noch einmal nach dem Rechten zu sehen, bevor es richtig los ging. Mathilda betrat die Halle. „Oh, das habt ihr aber toll gemacht. Hier sieht es ja wirklich super aus." Sie sah sich um. Vorne auf der Bühne hatte zwischenzeitlich der gebuchte DJ sein Equipment aufgebaut, Ronja war das noch gar nicht aufgefallen. Die war mit Lena hinter die Theke gegangen um dort noch ein paar zusätzliche Flaschen in die Kühlung zu stellen und die Sektgläser vorzubereiten. Sie war so sehr mit Einschenken beschäftigt, dass sie nicht mitbekam, wie sich die Hallentür öffnete und ihre Tante Rosa und ihr Onkel Karl hereinschlichen. Mathilda hatte sie schon erspäht, und deutete auf die Theke. Die beiden waren zur Hälfte durch die Halle als Ronja sie erblickte und einen spitzen Jubelschrei ausstieß. Sie rannte auf die beiden zu und umarmte sie nacheinander ganz fest. „Wo kommt ihr denn her? Ich kann's ja gar nicht glauben, wie toll ist das denn?" Sie war fasst atemlos vor Freude. „Alles Liebe zum Geburtstag mein Kind, ach nein, entschuldige bitte, junge Frau. Wie geht es dir Spätzchen?"

„Großartig", Ronja strahlte, „und jetzt, wo ihr auch hier seid, noch viel besser. „Mama, guck mal, wer da ist!" Sie zog Rosa mit sich, Karl lief gemütlich hinterher. Beide waren Anfang Siebzig und genossen mittlerweile ihr Leben in vollen Zügen. Sie hatten ein kleines Chalet direkt am Brienzer See in der Schweiz, und fühlten sich dort pudelwohl. Kinder hatten sie keine, umso mehr genossen sie es, wenn sie bei Blomens zu Besuch waren. Auch wenn sie danach immer wieder betonten, dass sie froh seien, wieder in ihr ruhiges Häuschen zurückkehren zu können. In der Familie ihres Bruders und Schwagers war halt immer ziemlich viel los. Mathilda freute sich ebenfalls sehr, die beiden zu sehen und umarmte erst ihre Schwägerin und dann ihren Schwager. „Wo ist denn mein Bruder?" Rosa sah sich suchend um. „Der müsste gleich mit Anja und den Kindern kommen. Immerhin ist er heute der Grillmeister." Ronja kam mit zwei Gläsern Sekt zurück. „Stoßt ihr mit mir an? Da habt ihr mich ja ganz schön überrascht. Wer hat das denn eingefädelt?" Mathilda grinste. „Na klar, wer sonst", Ronja legte den Arm um ihre Mutter, „das war ne spitzenmäßige Idee." In dem Moment kamen Finja und Doro zur Tür rein. Beide waren draußen gewesen, Doro wollte eine Zigarette rauchen.

Nun kamen sie Hand in Hand auf Rosa und Karl zu. Den beiden älteren Herrschaften entglitten sekundenlang die Gesichtszüge, und beide hatten jeweils ein ziemlich großes Fragezeichen im Gesicht. Aber im nächsten Moment drückten sie Finja an sich und gaben Doro die Hand. „Hallo, ich bin Rosa, die Schwester von Georg. Und das ist mein Mann Karl." „Schön, Sie kennenzulernen", Doro lächelte freundlich, „ich bin Doro, die Freundin von Finja." Ihr war die Verwunderung der beiden natürlich nicht entgangen. Aber sie wollte lieber abwarten, wie sich das Ganze noch entwickelte. Vielleicht waren sie ja auch genauso tolerant wie der Rest der Familie. Rosa holte einen Umschlag aus der Tasche und überreichte ihn Ronja. „Hier meine Liebe. Kauf dir was Schönes. Dein Onkel hat deine Blumen im Hotel vergessen, die bringen wir dir morgen." Georg, Anja und die Kinder kamen durch den Hintereingang in die Halle und begrüßten Rosa und Karl herzlich. „Ich schmeiß jetzt mal den Grill an. Lennox, lass dir mal von Tante Ronja das Fleisch aus der Kühlung geben und bring es mir." Georg warf sich eine Schürze um auf der stand „Alles unter 300g ist Carpaccio", darunter war ein fettes Steak abgebildet.

Rosa und Mathilda schmunzelten. Männer und ihr Grill. Karl folgte seinem Schwager nach draußen, Rosa nahm Mathilda beiseite. „Du Mia, sag mal, seit wann hat Finja denn eine Freundin??" Mathilda sah ihre Schwägerin von der Seite an. Sie war sich nicht ganz sicher, wie diese reagieren würde, und sie wollte ihre Tochter bestimmt nicht an eine Art Pranger stellen. Aber sie wollte Rosa auch nicht belügen. „Seit ungefähr einem halben Jahr. Wir wissen es aber auch erst seit heute. Finja hat das die ganze Zeit mit sich herum geschleppt weil sie Angst vor unserer Reaktion hatte. Völlig unbegründet natürlich. Doro ist ein nettes Mädchen und scheint Finja wirklich gut zu tun. Und eigentlich ist es ja auch egal, wen oder was man liebt." Unbewusst fing sie an, Finja zu verteidigen. Rosa dachte nach. „Hatte Finja eigentlich überhaupt schon mal einen Freund?" „Ja" antwortete Mia, „aber nie etwas wirklich Längeres oder Ernstes. Bleibt abzuwarten, wie sich das mit Doro entwickelt." Sie zuckte mit den Schultern und erwartete nun von Rosa die fast schon üblichen Vorurteile. Die aber sagte gelassen „Genau, einfach mal abwarten. Manchmal findet man die Liebe seines Lebens an Orten und in Menschen, in denen man sie niemals vermutet hätte." Mathilda sah ihre Schwägerin dankbar an. „Schön, dass du so denkst." Damit war das Thema erst mal vom Tisch, weil in diesem Moment ohrenbetäubende Musik von der Bühne schallte. Der DJ hatte sich, ungesehen von allen, hinter sein Mischpult begeben und wollte einen Testlauf starten. Ronja, die gerade mit Lena mitten in der Halle stand, starrte entgeistert zu ihm hin. „Was ist DAS denn??" Lena lachte. „Das ist ein Dj, der soll heute für richtig gute Stimmung sorgen. Noch so eine Idee deiner Eltern." Ronja war völlig von den Socken. Das war ja mega, und sie hatte sich schon gefragt, warum sich keiner richtig mit der Musikbeschallung abgeben wollte. Immer, wenn sie das Thema angeschnitten hatte hieß es „Ja ja, das machen wir schon noch, jetzt sind erst mal andere Dinge wichtig." Jetzt wusste sie, warum. Da war ja ganz schön viel hinter ihrem Rücken gelaufen. Anja, Finja und Doro kamen hinzu. „Da staunst du, was?" Anja lehnte sich an Ronja. „Ach ja, du hast ja UNSER Geschenk noch gar nicht. Also von Reiner, mir, den Kindern und Finja bekommst du ein Jahr die Tankfüllungen für deine „Rennsemmel" bezahlt."

Ronja strahlte. „Wow, spitze, da brauche ich mir als bald arme Auszubildende wenigstens darüber keine Gedanken zu machen." Sie umarmte ihre Schwestern und bedankte sich stürmisch. So langsam füllte sich die Halle. Immer mehr Freunde und Nachbarn kamen, um Ronja zu gratulieren. Irgendwann tauchte auch Reiner mit den zwei Blechen Kuchen auf und hatte seine Eltern Else und Jürgen im Schlepptau. Else trug mal wieder eine unglaubliche Leidensmiene zur Schau. Anja verdrehte genervt die Augen. Wenigstens tat sie es aber so, dass es ihre Schwiegermutter nicht sah. Leonie und Lennox rannten zu ihr um Hallo zu sagen. Anja hörte Else sagen „ach Kind, sei doch nicht immer so stürmisch, du wirfst die Oma doch noch um." Leonie bremste ihren Schwung, zog eine Fluppe und machte sich auf die Suche nach ihrem Bruder. Der stand mit Georg und Karl draußen am Grill. „Schorsch, bist du dir sicher, dass das so funktioniert?" Karl guckte äußerst skeptisch auf die moderne Temperaturanzeige, die sich neben am Grill befand, und die sich bis jetzt noch keinen Meter bewegt hatte. „Hm, ich weiß auch nicht. So richtig ziehen tut er auch nicht. Naja, warte wir einfach mal, bis die die Kohlen glühen.

Vielleicht steigt die Temperatur ja urplötzlich." „Papa, könntest du mal kurz kommen? Ich kriege diese bescheuerte Kellertür nicht mehr auf". Ronja sah ihren Vater leicht verzweifelt an. „Klar, warte. Karl, passt du bitte in der Zeit auf den Grill auf?" Der nickte, und Georg machte sich auf, um seiner Tochter behilflich zu sein. In der Halle war die Stimmung mittlerweile großartig. Der DJ machte echt spitzen Musik, und dabei äußerst gehörfreundlich. Die Gäste konnten sich ungestört unterhalten ohne sich anbrüllen zu müssen. Trotzdem flüsterte Greta gerade Mathilda etwas ins Ohr. „Was habe ich denn jetzt bei Finja verpasst??" Greta war Mathildas engste und älteste Freundin und Nachbarin. Sie dachte nun, Mathilde hätte ihr etwas ziemlich Wichtiges verschwiegen. „Das erzähle ich dir mal in Ruhe bei einer schönen Tasse Kaffee. Aber reg dich nicht auf, ich weiß es auch erst seit heute." Damit gab sich Greta zufrieden, sie merkte, dass ihre Freundin gerade nicht wirklich darüber reden wollte. Das hatte Zeit bis nächste Woche. Währenddessen hatte Georg wieder seinen Hoheitsplatz am Grill eingenommen. „Siehste", er strahlte zufrieden, „geht doch.

Die Temperaturanzeige ist wunderbar hoch gegangen und die Kohlen sehen perfekt aus. Jetzt kann's losgehen. Würdest du bitte Mia fragen, ob sie mir das Grillgut bringen könnte?" Georg sah seinen Schwiegersohn Reiner fragend an. Der nickte und trollte sich von dannen um seine Schwiegermutter zu suchen. Karl sah ihm hinterher. „Redet der immer noch so wenig?" Er schüttelte den Kopf. „Ja, ist nun mal ein seltsamer Kauz". Georg hatte seinen Schwiegersohn nie wirklich gemocht, aber solange Anja mit ihm glücklich war, musste es ihm egal sein. Reiner arbeitete beim Finanzamt, ein knochentrockener Job. Georg sagte immer „der ist wie geschaffen für den Beruf." Reiner kam mit vier gestapelten Schüsseln wieder und stellte sie auf den kleinen Tisch, der neben dem Grill stand. Georg schaute kurz hin und schluckte den Satz „soll ich das Fleisch jetzt mit den Füßen auf den Grill legen?" hinunter und sagte zu Leonie „geh mal zu Oma und lass dir die Grillzange geben bitte." Leonie fegte los und kam kurz darauf mit Mathilda im Schlepp zurück. „Schorsch, ich dachte, du bringst hast die Zange von zuhause mitgebracht. Hier gibt es keine. Ich bringe dir eine Gabel, damit sollte es ja auch gehen."

Also gut, dann halt ein wenig Improvisation. Karl hatte mittlerweile für sich und seinen Schwager ein Bier geholt, damit grillte es sich leichter. Dann fing Georg an, die ersten Steaks und Bratwürste auf den Grill zu legen. Finja gesellte sich zu ihnen. „Na Mäuschen, alles gut bei dir? Wie läuft es da drin?" „Super, Lena hat nen echt tollen DJ organisiert, die Leute fühlen sich wohl. Und so langsam gibt's Hunger. Wie schaut es aus mit Essen?" Sie schielte auf den Grill, auf dem die Steaks, noch ziemlich roh, vor sich hin brutzelten. „Ich mach ja schon" brummte Georg. „Gut Steak will nun mal Weile haben." Finja grinste. Drinnen unterhielt sich Ronja gerade mit einem Nachbarn aus der Straße, den sie seit einiger Zeit immer mal wieder aus der Ferne anhimmelte. Aber er war verheiratet und hatte Kinder, von daher war er tabu für sie. Leena kannte diese Skrupel nicht unbedingt, sie sagte immer „ich zwing ja keinen, das darf der Mann ganz alleine entscheiden." Gut, ein bisschen flirten war erlaubt, das sah Ronja genauso. Und das tat sie nun auch. Alexander, besagter Nachbar, machte ihr blöderweise aber auch noch schöne Augen. „Warum hast du denn deine Frau nicht mitgebracht?" Lena legte den Kopf leicht schief.

„Naja, einer muss ja auf die Kinder aufpassen. Und Nadja ist jetzt nicht unbedingt der Feier-Typ. Die ist lieber daheim in den vier Wänden. Ich sag ihr zwar immer sie Sol doch mal mit mir raus, aber das findet sie ziemlich schnell doof. Also geh ich lieber gleich alleine, ihr ist das eh egal." Nanu, das klang jetzt aber auch nicht sonderlich nach glücklicher Ehe. Ronja kannte Nadja, sie hatten sich schon des Öfteren unterhalten. Das Ehepaar war vor zwei Jahren mit ihren Kindern in die Straße gezogen. Seitdem sah man Nadja ab und zu mit ihnen auf dem Spielplatz, ansonsten war sie kaum zu Gesicht zubekommen. Dabei war sie erst 26, ihr Mann Alexander 28 Jahre alt. Mathilda sagte immer „die hat bestimmt einen ganzen Stall voll Komplexe, ich könnte es ihr nicht mal verdenken." Und damit lag sie gar nicht mal so verkehrt. Nadja war ziemlich dick, trug zudem auch noch immer unglaublich unvorteilhafte Klamotten. Die braunen, dünnen Haare hingen ihr oft strähnig ins Gesicht, ja sie sah sogar oft so aus, als würde weiter hinten in der Straße, wo sie wohnte, Wasserknappheit herrschen. Außerdem hatte sie die meiste Zeit einen ziemlich frustrierten Gesichtsausdruck. Anja meinte mal, sie könne nicht verstehen, wie so ein „Leckerchen" wie Alexander an so eine Frau geraten konnte. Und gerade, als sie sich so „nett" unterhielten, fragte sich das Ronja auch. Er sollte echt aufhören, sie so anzuschauen. Irgendwo in ihrem Inneren begann sich etwas zu regen. Sie musste das ganz schnell wieder unterdrücken, das hier führte doch zu nichts. „Tolles T-Shirt hast du da an." Alexander zwinkerte ihr zu. „Oh Gott", dachte Ronja, „lass das." „Naja, du kennst ja meine Mutter, die fand das saulustig. Ich habs nur an, um ihr einen Gefallen zu tun." Gespielt lässig winkte sie ab. „Also ich finde ja das Shirt so süß wie die, die es trägt." Ronja schnappte kurz nach Luft, dann meinte sie leicht hektisch „ich muss mal gucken, ob mein Paps schon Erfolge an der Fleischfront verzeichnen konnte. Hol dir doch noch was zu trinken. Wir sehen uns nachher noch." Mit diesen Worten ergriff sie fast schon die Flucht, und ließ einen leicht enttäuschten Alexander zurück. Auf halbem Weg lief sie Anja in die Arme. „Was guckst du denn so kariert? Als wenn du ein Gespenst gesehen hättest." Ronja blickte sich um. „Alex hat mich grad voll angebaggert, und ich hohle Nuss werde auch noch nervös. Jetzt bin ich erst mal geflüchtet bevor es zu viel wurde. Ohhh, und dabei ist der so nett.

Und voll der Hottie. Und beinahe hätte ich zurück gebaggert." Anja sah sie prüfend an. „Du bist ja völlig neben der Spur. Ein bisschen baggern ist ja jetzt noch kein Verbrechen, du solltest nur aufpassen, dass da nicht mehr draus wird. Und „nett" ist immer noch die kleine Schwester von Scheiße." Ronja musste lachen. „Danke für deine ernüchternden Worte, das habe ich jetzt gebraucht. Ich geh mal nach Papas Grillkünsten gucken. Wo sind eigentlich Leonie und Lennox?" Anja sah sich um. „Die wollten mit Doro raus zu den Pferden. Die kann echt gut mit den beiden, und noch sind sie ja auch ziemlich charmant zu ihr. Mal gucken, was das wird, wenn die zwei kleinen Teufel ihr wahres Gesicht zeigen." Sie verzog das Gesicht zu einer Grimasse und machte sich auf den Weg Richtung Theke. Ronja ging zu ihrem Vater. „Na Paps, wie ist die Lage an der Fleischfront? Kann ich das Buffet eröffnen?" Das Fleisch sah mittlerweile tatsächlich ziemlich gut aus und roch verführerisch. „Ja, ich denke wir können loslegen. Walte deines Amtes Frau Gastgeberin." Ronja ging zurück in die Halle und suchte zuerst ihre Mutter. „Mama, können wir die Salate raus stellen? Der Papa ist mit dem Fleisch soweit und wir könnten dann essen."

Mathilda machte sich mit Rosa, Lena und Ronja auf den Weg Richtung Kühlhaus. „Finja, Anja, könnt ihr auch noch mitkommen? Bei sieben Schüsseln wird es einfacher wenn erst mal genügend helfende Hände dabei sind." Mathilda rief einmal quer durch die Halle, und beide standen sofort parat. Doro und die Kinder hatten den Ruf des weiblichen Familienoberhauptes auch vernommen, und so waren mit einem Schlag alle Schüsseln voller Salate draußen und auf dem langen Tisch, der als Buffett diente, verteilt. Rosa fing an, Baguette aufzuschneiden, und Ronja hatte sich zwischenzeitlich das Mikro vom DJ geschnappt. „Huhu, hört mir mal kurz zu." Sie wartete, bis etwas Ruhe eingekehrt war und sprach dann weiter. „Ich freue mich sehr, dass ihr alle heute zu meinem Geburtstag gekommen seid. Danke auch für die vielen tollen Geschenke. Und nun eröffne ich hiermit feierlich das Buffett!" Damit war alles gesagt, sie war jetzt auch nicht so der begnadete Redenschwinger. Die Anwesenden klatschten, und die ersten holten sich Teller und spazierten raus an den Grill zu Georg und Karl. Lena gesellte sich zu Ronja. „Haste schön gesagt. Sag mal, was war da denn da vorhin mit dir und Alex?" „Oh Gott, war das so auffällig??" Ronja riss erschrocken die Augen auf. „Ne, wer gerade nicht hingeschaut hat hat's auch nicht gesehen, keine Angst." Lena lachte. „Ich fand nur, du konntest froh sein, dass du noch was anhattest nach eurem „Gespräch". Der hat dich ja förmlich mit den Augen ausgezogen. Ein wenig neidisch bin ich da ja jetzt schon." Ronja rümpfte die Nase. „Du bist echt bescheuert. Was soll ich denn deiner Meinung nach tun?" Lena schaute sie an. „MEINE Meinung dazu kennst du, ich bin da also wahrscheinlich eher die falsche Ratgeberin. Geh doch einfach mal nach deinem Gefühl und guck mal, was passiert. Vielleicht will er ja auch nur ein bisschen flirten. Könnte ich ihm ja nicht verdenken. Du bist nun mal ein ganz anderes Kaliber als seine Frau." Lena grinste ziemlich dreckig. „Ja super, danke für die Auskunft Frau Doktor Freud. Jetzt bin ich sehr viel schlauer als vorher. Und durcheinander sein kann ich auch ohne deine Hilfe prima. Also gut, warten wir's ab." Lena zuckte resigniert mit den Schultern. „Komm, wir holen uns was zu futtern und noch irgendetwas schickes, alkoholisches." Lena hakte sich bei Ronja unter und zog sie Richtung Theke. Draußen am Grill hatte sich mittlerweile ein kleine Menschentraube gebildet.

Georg fühlte sich leicht überfordert und sah seinen Schwager hilfesuchend an. „Meinst du, ich sollte vielleicht noch ein paar Kohlen zusätzlich drauflegen? Dann gibt das mehr Hitze, und es geht vielleicht ein wenig schneller." Karl dachte nach. „Probier's aus, mehr als schiefgehen kann's ja nicht. Dann müssen die Leute halt mehr Salat essen." Karl war da eher pragmatisch veranlagt. Er schaufelte noch eine Handvoll Kohle auf den Grill und warf gleich noch zwei Grillanzünder obendrauf. Dann steckte er ein großes Stück Zeitungspapier in Brand, schmiss das Ganze auf die Kohlen und schickte noch eine großzügigen Schuss Brennspiritus hinterher. Binnen Sekunden stand fast der ganze Grill in Flammen. „Um Gottes Willen, was treibst du denn da??" Georg schnappte entsetzt nach Luft und begann, die Steaks und die Würstchen aus der Flammenhölle zu retten. „Na toll, jetzt müssen wir erst warten, bis sich der ganze Qualm verflüchtigt hat. Du bist aber auch echt ein Spezialist. Ich wollte, dass das schneller geht, jetzt dauerts noch länger." Georg schickte einige vorwurfsvolle Blicke in Karls Richtung. Der zuckte nur mit den Schultern. „Dafür hast du danach aber auch ´ne schöne Hitze." Wie konnte man nur so die Ruhe weg haben?

Georg starrte auf den Grill und versuchte die Flammen „klein zu gucken". Mit mäßigem Erfolg natürlich. Zehn Minuten später hatte sich das Inferno beruhigt und Georg konnte sein Grillgut wieder auf den Rost bugsieren. Und tatsächlich. Jetzt ging es um einiges schneller. Binnen einer halben Stunde war der Großteil der Gäste versorgt und Georg genehmigte sich, leicht erschöpft und ziemlich verschwitzt, ein Bierchen. Karl hatte sich jeweils ein Steak und eine Bratwurst gesichert und kaute zufrieden. In der Halle saßen Mathilda und Greta am Tisch zusammen. Beide hatten ein Stück von Anjas Blechkuchen vor sich. Alexander hatte es geschafft und den Kaffeevollautomat ins Laufen gebracht. Jetzt hatten sie also auch noch eine schöne Tasse Kaffee zum Kuchen. Und unter solchen Voraussetzungen ließ es sich natürlich auch vortrefflich ein wenig ratschen. Mathilda hatte Greta gerade ein bisschen von Finja erzählt. Und verstand jetzt nicht wirklich, warum Greta so schockiert aus der Wäsche schaute. „Mia sag mal, das wirst du doch aber nicht durchgehen lassen, oder? Ich meine, wenn du Glück hast kommt sie ja bald wieder zur Vernunft. Wo gibt's denn so was? Dafür hat Gott ja wohl Frau UND Mann erschaffen.

Es ist nun mal nicht vorgesehen das sich zwei Frauen oder zwei Männer lieben. Für mich ist das ja schon fast krank" Sie redete sich regelrecht in Rage. Mathilda war fassungslos. Seit wann war ihre langjährige Freundin denn so unfassbar intolerant? Was stimmte denn gerade nicht mit ihr, dass sie sich so dermaßen aufregte? „Kannst du mir mal erklären, über was du dich gerade so unglaublich echauffierst?? Man könnte ja gerade meinen, es wäre ein Verbrechen, homosexuell zu sein. Es ist und bleibt immer noch allein Finjas Sache, wen sie liebt. Und ich freue mich einfach nur, dass sie glücklich ist. Schade, dass du so wenig Verständnis und Toleranz in dir hast." Mathilda war den Tränen nahe. Sie ließ so oder so ungern jemanden aus ihrer Familie kritisieren. Aber dass es ihre beste Freundin war, die sie jetzt so dermaßen angriff, verstand sie überhaupt nicht. „Weißt du was? Wenn du so über Finja redest werde ich mir überlegen müssen, ob ich mich die letzten 30 Jahre wirklich so in dir getäuscht habe. Eigentlich dachte ich, wir könnten über alles reden. Aber was du da gerade abziehst ist unterste Schublade. Und ich bereue es gerade zutiefst, dir überhaupt etwas davon erzählt zu haben.

Das Beste wäre, du würdest dir für die nächste Zeit einen anderen Gesprächspartner suchen. Es könnte nämlich sein, dass ich nicht mehr zur Verfügung stehe." Mathilda war hochrot im Gesicht vor lauter Zorn und Enttäuschung. Greta starrte sie an. „Mia, warte....." Aber Mathilda hatte sich schnellen Schrittes entfernt. Sie brauchte jetzt erst mal ein bisschen frische Luft und am besten noch eine Umarmung ihres Mannes. Der Andrang am Grill hatte sich mittlerweile etwas gelegt, Georg drehte entspannt die Würstchen von einer Seite auf die andere. „Na, Mamutschka? Alles gut? Du guckst so betrübt. Ist was passiert? Mathilda holte tief Luft und erzählte ihrem Georg von Gretas oralem Ausraster. „Hm, das verstehe ich jetzt nicht. Warum hat die denn so komisch reagiert? Hast du sie mal gefragt, was ihr Problem ist?"Nein", Mathilda blickte traurig zu Boden, „ich war so schockiert über ihre Aussagen, dass ich ihr gar nicht mehr weiter zuhören wollte. Ach Schorsch, was soll ich denn jetzt tun?" Mathilda putzte sich geräuschvoll die Nase. Sie tat Georg leid. Er wusste, wie sensibel seine Frau war. Und dass sie sich jetzt mit ihrer besten Freundin so dermaßen gestritten hatte war für sie gerade schrecklich.

Noch schrecklicher allerdings waren aber nun mal Gretas Aussagen. Georg beschloss bei Gelegenheit, sich Greta mal vorzuknöpfen. Aber nicht heute. Heute war Ronjas Geburtstag, und den würden sie sich von nichts und niemandem verbieten lassen. „Komm mal her Mamutschka", er nahm sie fest in die Arme, „jetzt holst du uns beiden mal ein schönes Glas Sekt, und dann stoßen wir auf unsere drei wundervollen Kinder an." Er küsste sie zärtlich. Mathilde zog die Nase hoch und lächelte ihn dann liebevoll an. Er hatte recht. Sie sollte sich jetzt nicht die gute Laune verderben lassen. Auch wenn das Gesagte ihrer Freundin noch sehr an ihr nagte. Sie ging in die Halle und an den Tresen. Dort hatte Reiner mittlerweile schweigend den „Thekendienst" übernommen. So konnte er sich nützlich machen, ohne groß reden zu müssen. „Schenk mir mal bitte zwei Sektgläser ein" sagte Mathilda zu ihrem Schwiegersohn. Während der umständlich mit der noch zuen Flasche hantierte, sah sie sich in der Halle um. Das junge Volk hatte Spaß, das war kaum zu übersehen. Die Musik war gut, das Essen hatte wohl geschmeckt (jedenfalls waren ihr noch keine Klagen zu Ohren gekommen) und überall standen die Gäste zusammen und unterhielten sich, einige tanzten. Sie sah ihre drei Mädchen zusammen stehen und lachen, Finja hatte einen Arm um Doro gelegt und strahlte sie zwischendurch immer wieder verliebt an. Ronja sah hin und wieder in eine ganz andere Richtung, und als Mathilda ihrem Blick folgte musste sie schmunzeln. Oha, der hübsche Nachbar hatte es also ihrer Jüngsten angetan. Sie konnte es ihr ja wirklich nicht verübeln, Alexander sah nun mal ziemlich gut aus. Aber erstens war er fast zehn Jahre älter als ihre Tochter, und zweitens, was noch viel wichtiger war, er war nun mal verheiratet und hatte Familie. Eines musste man ihren Töchtern ja wirklich lassen: in Liebesdingen waren sie offenbar alle schrecklich kompliziert. Aber was soll's? Sie würden ihren Weg gehen, mit wem oder wie auch immer. Sie waren stark, hatten ihre Eltern im Rücken und sich als Schwestern als Halt. Reiner reichte ihr die beiden vollen Sektgläser und Mathilda jonglierte sie vorsichtig zu ihrem Mann. „Der guckt ständig zu dir rüber". Finja zwinkerte Ronja zu. Die wusste schon gar nicht mehr, wo sie noch hingucken sollte. Sobald sie ihre Blicke schweifen ließ blieben sie irgendwann an Alexander hängen. Der durchbohrte sie fast mit seinen Blicken, und prostete ihr zwischendurch immer wieder mit seinem Bierglas zu. Ronja wurde jedes mal total verlegen und wusste nicht so ganz, wie sie reagieren soll. „Mein Gott, dann zwinkere doch wenigstens mal zurück. Damit vergibst du dir doch nichts." Finja fand das Ganze wohl gerade ungeheuer spannend. Seit sie sich „geoutet" hatte war sie wieder ganz die Alte. Anja war da, wie immer, sehr viel zurückhaltender und auch skeptischer. „Ehrlich gesagt weiß ich nicht, ob du ihm jetzt auch noch falsche Hoffnungen machen solltest. So wie der dich anschaut will der doch nur ne heiße Affäre. Ziemlich unfair und gemein seiner Frau gegenüber, findest du nicht?" Typisch Anja jetzt den Moralapostel raus hängen zu lassen. Dabei sah sie eher so aus, als würde sie sich auf so einen kleinen Flirt zu gerne auch mal einlassen. Aber sie war über die letzten Jahre hinweg eher farblos geworden, hatte sich mit der Rolle des „Hausmütterchens" zufrieden gegeben. Ihr Mann Reiner legte wenig Wert auf aufgeputzte und zurechtgemachte Frauen, das hatte er ihr gleich am Anfang ihrer Ehe klar gemacht. Sie, die früher in kurzen Röcken und schicken Oberteilen die Welt unsicher gemacht hatte, immer hübsch geschminkt war und für jeden ein freundliches Lächeln auf den Lippen hatte, war über Jahre hinweg zu einer Art Mauerblümchen mutiert. Sie fiel nicht mehr groß auf. Dabei hätte es nicht viel gebraucht, um aus ihr wieder eine strahlende Schönheit zu machen. Sie hatte wunderschönes, langes, hellbraunes Haar, braune Augen, die etwas ihren früheren Glanz verloren hatten und eine recht ansehnliche Figur. Sie müsste nur mal wieder etwas mehr aus sich machen. Insgeheim wusste sie das selbst, aber oft fehlte es ihr einfach an Elan, noch öfter aber an Selbstliebe. Und da ihr Mann sie scheinbar eh nur noch als eine Art nützliches „Möbelstück" sah, welches halt schon immer irgendwie da war, wusste sie auch nicht wirklich, für wen sie sich schön machen sollte. Da sie es für sich und ein gesteigertes Selbstbewusstsein tun könnte, auf die Idee kam sie nicht. Sie wirkte ein wenig wie das typische „graue Mäuschen". Ihre Schwestern und auch ihre Mutter hatten sie schon des Öfteren versucht zu überreden, wieder mehr aus sich zu machen, aber bis jetzt waren alle guten Ratschläge an Anja abgeprallt, wie ein Tennisball an einer Wand. Jetzt aber, als sie sah, mit welchen begehrlichen Blicken Alexander ihre kleine

Schwester anstarrte wünschte sie sich, sie hätte heute mal ein wenig mehr Wert auf ihr Äußeres gelegt. Es kamen ihr Gedanken in den Sinn, die sie schon Jahre nicht mehr auf dem Schirm hatte. Worte wie Flirt, Anziehung, tiefe Blicke, Leidenschaft und heißer Sex flirrten durch ihr Hirn. „Hat man dich „geblitzdingst" oder warum starrst du gerade riesige Löcher in die Luft?" Finja holte Anja recht unsanft zurück in die Realität. „Hä? Was denn?" Ihre beiden Schwestern lachten. „In welchem Paralleluniversum hast du dich denn gerade rumgetrieben? Wir haben dich schon dreimal gefragt ob DU dich auf eine Affäre mit einem verheirateten Mann einlassen würdest. So als Älteste und Vernünftigste dieser Truppe." Anja schüttelte leicht den Kopf, eigentlich mehr wegen sich selbst. „Wie kommt ihr denn jetzt darauf?" fragte sie, unwirscher, als sie es geplant hatte. „Ui, was für einen Nerv haben wir denn jetzt bei dir angestochen? Das war eine ganz simple Frage. Finja meinte nämlich, SIE würde sich wahrscheinlich darauf einlassen wenn sie nichts zu verlieren hätte. Der Mann müsste sich ja schließlich selbst darüber im Klaren sein, was er damit eventuell aufs Spiel setzt. Aber da ICH finde, das Finjas Meinung in der Hinsicht jetzt erst mal zweitrangig ist (Ronja rieb sich den Arm, weil Finja ihr in dem Moment mit voller Wucht draufgehauen hatte) und wir Lenas Meinung dazu ja auch alle zur Genüge kennen und Doro sich gerne noch raus halten würde, dachten wir, wir fragen DICH. Wir waren uns allerdings nicht bewusst, dass wir damit die Tore zur Hölle öffnen." Ronja riss gespielt erstaunt die Augen auf. Anja musste jetzt doch grinsen. „Also, wie stehst du zu dem Thema „Affären"? Jetzt war es doch Doro, die diese sehr direkte Frage stellte, und Anja sah sie überlegend an. „Wisst ihr was? Das ist eine verdammt gute Frage, über die ich mir die letzten 15 Jahre überhaupt keine Gedanken gemacht habe. Klar, wenn man jung ist sieht man vieles lockerer und einfacher. Später dann, wenn man verheiratet ist und vielleicht sogar Kinder hat, sollte sich diese Frage eigentlich überhaupt nicht stellen. Warum tut man es dann doch manchmal? Warum sieht man so einem Typ wie Alex an, dass er überhaupt nicht abgeneigt wäre, mit Ronja eine schöne Nacht zu verbringen? Ich sag's euch: so was passiert nur, wenn einem in der eigenen Beziehung oder Ehe etwas fehlt. Das können die unterschiedlichsten Dinge sein. Gute Gespräche, Verständnis, Respekt, ehrlich gemeinte Komplimente, Rückhalt, Liebe, gemeinsame Erlebnisse, Zuhören, aber natürlich auch Nähe, kuscheln, Begierde, guter Sex…. Wenn das alles fehlt, dann ist eine Affäre schon fast vorprogrammiert. Dann wird man empfänglicher für Avancen oder wünscht sich sogar, der Prinz in glänzender Rüstung käme um die Ecke geritten und würde einen retten. Manchmal merkt man aber dann auch viel zu spät, das besagter Prinz nur ein in Alufolie verpackter Idiot war." Anja hatte nicht bemerkt, wie die vier Frauen um sie herum immer erstaunter ansahen, mit jedem Satz wurden sie sprachloser. Jede merkte, dass es hier nicht mehr darum ging, dass Anja irgendwelche systemrelevanten Tipps zum Besten gab. Hier ging es um sie selbst, in allem was sie sagte, hörte man den puren Frust, den Ärger und die Lieblosigkeit ihrer eigenen Ehe heraus. Finja fragte, fast schon behutsam „Anja, ist bei dir und Reiner alles gut?" Anja suchte mit ihren Blicken den Raum ab, sah ihren Mann vorne an der Theke gerade ziemlich ungeschickt ein Bier zapfen und bekam bei dem Anblick fast Tränen in die Augen. Es war, als würde ihr erst in diesem Augenblick bewusst werden, wie unglücklich sie eigentlich die letzten Jahre gewesen war.

Alle blickten sie erschrocken an. „Ok, ich glaube, wir wechseln das Thema. Woher kommt eigentlich der mega geile DJ? Weiß das jemand?" Ronja versuchte fast hektisch, das Ruder wieder rumzureißen und das Gespräch in andere Bahnen zu lenken. Über dieses Thema würde es an einem anderen Tag offensichtlich noch genügend Gesprächsstoff geben. Und vor allem musste man überlegen, wie man Anja am besten helfen konnte. So konnte das ja wirklich nicht bleiben. Sie würde sich eine Art Schlachtplan überlegen. Lena hatte sofort gestaltet. „ das war ich" erklärte sie mit stolz geschwellter Brust, „den hat Simone mir empfohlen. Und ich muss sagen, das war eine gute Entscheidung." Sie warf ein paar verheißungsvolle Blicke auf die Bühne, und er DJ zwinkerte schelmisch zurück. „Gott, sagt mal, ist hier denn irgendetwas ansteckendes ausgebrochen?" Finja schüttelte leicht den Kopf. „Du hast gut reden, du bist ja glücklich vergeben." Lena bedachte sie mit einem kleinen Seitenblick. „Aber Ronja und ich dürfen ja wohl noch gucken. Außerdem ist gegen einen kleinen Flirt ja wohl überhaupt nichts einzuwenden. Soll ja auch unheimlich gut für die Gesundheit sein." Sie hob schulmeisterlich den rechten Zeigefinger.

„Der Herzschlag beschleunigt sich, somit kann mehr Blut durch den Kreislauf fließen, die Atmung wird intensiver und die Endorphine tanzen Samba. Außerdem macht's eine gesunde Gesichtsfarbe." Man sah Lena an, dass sie gerade höchst zufrieden über ihren kleinen Ausflug in die Welt der Wissenschaft war. Der Rest musste lachen, Ronja schubste sie leicht und meinte „du spinnst höchstgradig, weißt du das?" Georg, Mathilda, Rosa und Karl hatten sich mittlerweile drinnen einen Tisch gesucht, saßen beisammen und redeten. „Ich weiß immer noch nicht, was in Greta gefahren ist. Ich hätte ihr vorhin am liebsten eine Ohrfeige verpasst, so wütend war ich." Sie bekam jetzt noch hektische Flecken im Gesicht, wenn über das Gespräch von vorhin nachdachte. Georg strich seiner Frau beruhigend über den Rücken. Er kannte sie nur zu gut, ab und zu ging mit der, ansonsten so sanftmütigen und liebevollen Frau das Temperament durch. Dann war sie ein wenig wie ein kleiner Taifun, unaufhaltsam und manchmal sogar ein bisschen zerstörerisch. Gerade wenn es um ihre Familie ging, war mit ihr überhaupt nicht zu spaßen, da fuhr sie, wenn es sein musste, auch gerne mal die Krallen aus. „Ich denke einfach, sie hat überhaupt nicht darüber nachgedacht, was sie gesagt hat. Sondern einfach drauf los geplappert. Nimm doch ihr Geschwätz einfach nicht ernst." Rosa versuchte, ihre aufgebrachte Schwägerin zu beruhigen. Und Karl, der ruhige und eher leicht stoische Pragmatiker meinte dazu nur „Es lohnt sich meistens nicht, sich über Dinge aufzuregen, die andere in ihrem Hirn als Luftblasen produzieren. Vielleicht hat sie einfach einen unglaublich schlechten Tag." Mathilda dachte nach. Sie wusste, dass ihre Schwägerin und ihr Schwager durchaus Recht hatten. Aber trotz alledem war sie stocksauer, verständnislos und unglaublich enttäuscht. „Wie lange könnt ihr denn bleiben?". Sie versuchte, das Gespräch in eine angenehmere Richtung zu lenken. Rosa sah ihren Mann an und lächelte. „Wir wollten noch bis übermorgen bleiben. Von hier aus fahren wir weiter nach Frankfurt an den Flughafen und fliegen für zwei Wochen nach Mykonos. Dort soll es ja jetzt noch herrlich sein." Georg sah Karl an. „Sollen wir euch an den Flughafen bringen? Dann könnt ihr euch die teuren Parkgebühren sparen, eurem Auto passiert die zwei Wochen über hier nichts. Ich mach ein bisschen Platz, dann stellen wir es hier nach Hartenrod in die Garage. Und wenn ihr wieder da seid könnt ihr ja vielleicht noch eins, zwei Tage bei uns dranhängen." Karl sah seine Frau an. „Die Idee klingt gar nicht schlecht, was meinst du Rosa? Die brauchte gar nicht lange zu überlegen. „Jawoll, so machen wir das. Dann sehe ich euch alle nochmal, bevor wir wieder zurück in die Schweiz fahren." Sie tätschelte ihrer Schwägerin liebevoll die Hand. Mathilda war manchmal ganz schön traurig, dass die Beiden nicht etwas näher bei ihnen wohnten. „Schnell mal eine Tasse Kaffee" und ein schönes Gespräch war so natürlich nicht möglich. Klar war die Schweiz jetzt nicht unbedingt eine Weltreise, aber vier Stunden lagen nun mal auch nicht gerade ums Eck. „Wo steckt denn eigentlich unser Geburtstagskind" fragte Georg in dem Moment. Ronja stand mit Alexander draußen vor der Tür und rauchte. Sie hatte sich das Rauchen mehr aus Zufall angewöhnt. Ihr Vater saß oft Abends noch ein wenig alleine im Hof und rauchte in aller Seelenruhe und gelassener Zufriedenheit seine letzte Zigarette des Tages. Ronja hatte immer mal wieder bei Freunden an einer Zigarette gezogen und sich irgendwann mal eine eigene Schachtel zugelegt.

Sie rauchte wirklich nicht viel, manchmal waren es nur zwei oder drei Zigaretten am Tag. Aber diese eine Zigarette Abends mit ihrem Vater hatte sich mittlerweile zu einem kleinen Ritual entwickelt. Sie genoss es, mit ihm in dieser Stille zusammen zu sitzen. Oftmals rauchte auch nur er, und sie saß einfach neben ihm. Jetzt stand sie bei Alex und inhalierte vor lauter Aufregung viel zu tief. Und musste natürlich erst mal fürchterlich husten. Super, war ja jetzt überhaupt nicht peinlich. Und der Blödmann lachte auch noch so bescheuert. „Lass mich raten. Du rauchst sonst eher nicht, oder?" Er sah sie verschmitzt an. „Wohl, nur nicht so ein fürchterliches Kraut. Wenn, dann rauche ich etwas Kultivierteres. Wer so was raucht wie du, der frisst ja wohl auch kleine Kinder." Ronja hatte das Gefühl, sich verteidigen zu müssen. „Sag mal, wie alt ist Anja denn jetzt eigentlich genau? Ich glaube, sie sieht wahrscheinlich älter aus, als sie wirklich ist." Ronja sah ihn fragend an, damit hatte sie jetzt irgendwie überhaupt nicht gerechnet. Sie nahm einen weiteren tiefen Zug aus der Filterlosen, dieses mal ganz ohne husten zu müssen (worüber sie gerade unheimlich froh war). „Anja wird nächstes Jahr im Februar 35. Und ja, sie sieht älter aus, weil sie nicht unbedingt viel Wert auf ihr Äußeres legt. Finja und ich haben beschlossen, sie unter unsere Fittiche zu nehmen, wenn sie es denn zulässt. Und dann wirst du mal sehen, wie toll meine älteste Schwester eigentlich aussieht." Alexander sah Ronja an. „Ja, das glaube ich dir aufs Wort." Ronja wurde nachdenklich. In was für eine Richtung driftete denn dieses Gespräch gerade ab? Sie dachte, sie könnte sich hier draußen jetzt mal ungestört ein wenig mit diesem süßen Typ unterhalten. Jetzt redete er nur über Anja. Sehr verwirrend das Ganze, mal gucken, wo das noch hinführte. „Ihr seid alle auf eure Art drei wunderschöne Frauen, wisst ihr das? Jede hat so etwas ganz Besonderes an sich. Gut, Finja scheint ja jetzt für die Männerwelt passe` zu sein. Aber warum Anjas Mann nicht aufmerksamer zu seiner Frau ist kapiere ich auch nicht. Sie ist toll, hat eine wunderbare Ausstrahlung, auch wenn sie sich ziemlich hinter ihrer selbstbezogenen Mauer versteckt. Aber allein schon ihre Stimme lässt einen ja wirklich nicht kalt." Hä?? Was sollte das denn? Das klang ja jetzt beinah so, als……"Sag mal, du stehst mit MIR hier draußen und schwärmst mir von meiner Schwester vor? Geht's noch?

Ich dachte eigentlich…" Alexander sah sie fast erschrocken an. „Dachtest du etwa, ich wollte dich anbaggern?? Ronja, du bist 18, ich bin 27. Wo sollte das denn bitte schön hinführen? Deine Eltern, vor allem deine Mutter, würden mir den Hals um 180 Grad umdrehen, wenn die das rausbekommen würden." Ronja funkelte ihn an. „Ach, aber einem Flirt mit meiner Schwester wärst du jetzt überhaupt nicht abgeneigt oder? So eine kleine Affäre als Abwechslung zu deiner tristen Ehe mit deiner langweiligen Frau käme dir jetzt gerade recht, was?" Sie merkte nicht, wie ihr, eigentlich völlig unberechtigt, die Zornesröte ins Gesicht stieg. Das vererbte Temperament ihrer Mutter bekam in diesem Augenblick völlig die emotionale Oberhand. Dabei hatte sie ja nun wirklich überhaupt kein Recht, sich so dermaßen aufzuregen. Sie wusste nicht, was sie hatte glauben lassen, dass gerade Alexander ernsthaft etwas von ihr wollte. Aber irgendwo, in den letzten Windungen ihres Hirnes, hatte sie wohl gedacht, dass, wenn er eine Affäre mit irgendjemanden anfangen würde, sie diejenige sein würde. Und tief im Inneren war sie, zugegebenermaßen, fürchterlich enttäuscht. Und sie wusste, genau DAS strahlte sie auch gerade aus.

Alexander sah sie weiterhin an, als hätte sie völlig den Verstand verloren. „Ronja, bitte…..." „Nein, lass mich", sie schrie ihn fast an, „ich will nicht mehr darüber reden." Sie drehte sich auf dem Absatz um und stürmte zurück in die Halle. Und ließ einen völlig verwirrten Alexander zurück. Ronja lief ihrer Mutter in die Arme, die gerade auf dem Weg zur Toilette war. „Jesses Kind, wie siehst du denn aus? Gibt's draußen vor der Halle Gespenster, oder wer ist dir durch die Petersilie getrampelt?" Kaum hatte Mathilda die Sätze ausgesprochen taten sie ihr schon wieder leid. Verdammtes vorschnelles Mundwerk. Es hatte ihr schon des Öfteren einen Strich durch die Rechnung gemacht. Und wenn es ihr Mund nicht war verriet sie meistens ihr Gesichtsausdruck. Sie war blöderweise, was ihre Emotionen betraf, ziemlich leicht zu durchschauen. „Was ist denn passiert mein Schatz?" Beide liefen nebeneinander die Treppen nach unten in die Waschräume. „Ach, ich glaube, das willst du gar nicht wissen." Ronja schniefte leise vor sich hin. „Doch, wenn es mein Geburtstagskind zum Weinen gebracht hat, würde ich es schon ganz gerne wissen wollen." Ronja überlegte sich, wie viele Details sie ihrer Mutter tatsächlich berichten sollte, oder ob es nicht vielleicht besser wäre, den Großteil des Gespräches zwischen Alexander und ihr zu verschweigen. „Sagen wir mal so: Es gab da jemanden, den ICH eigentlich ganz schnucklig fand, der aber eine ganz Andere favorisiert. Und das finde ich nun mal gerade überhaupt nicht prickelnd. Reicht das?" Ronja betrachtete sich im Spiegel des Waschraumes, während ihre Mutter in eine der Kabinen verschwunden war. Sie sah eigentlich wirklich gar nicht mal sooo schlecht aus. Die blonden Haare fielen ihr in sanften Locken auf die Schultern und ihre blau-grünen Augen hatten einen ganz besonderen Glanz. Ihre Figur war für ihre Größe perfekt, und ihr Papa sagte immer „Wenn du lachst geht die Sonne auf." Also im Großen und Ganzen war sie sehr zufrieden mit sich. Einzig Alexanders „Abfuhr" nagte gerade extrem an ihrem sonst so üppigen Selbstbewusstsein. Sie hörte ihre Mutter die Toilettenspülung betätigen, gleich danach stand sie neben ihr am Waschbecken. „Also wollte Alexander nicht das Gleiche wie du?" Ihre Mutter sah sie durch den Spiegel an. Sie wusste offenbar, was in ihrer Jüngsten vor sich ging. Überhaupt hatte sie ein ziemlich gutes Gespür für die Gefühlslagen ihrer Töchter.

„Naja, eigentlich war das eh eine absolute Schnapsidee. Ich meine, ICH wollte ja auch nicht betrogen werden. Vielleicht ist es besser so, dann brauche ich mir wenigstens im Nachhinein keine Vorwürfe zu machen. Was ER macht ist ja schließlich seine Sache." Ronja zuckte mit den Schultern. Sie war wieder mal froh darum, zu ihrer Mutter so ehrlich sein zu können. Mit ihr konnte man alles bequatschen, so waren sie alle drei erzogen worden. Es gab kaum ein Tabuthema, wenn es ein Familienmitglied belastete, wurde darüber geredet. „Weißt du, es gibt solche Männer, und ja, auch Frauen, die merken erst ziemlich spät, dass sie eigentlich einen Fehler bei der Partnerwahl getroffen haben. Wenn dann noch Kinder da sind wird's erst recht kompliziert. Aber manchmal denke ich dann „lieber ein Ende mit Schrecken als ein Schrecken ohne Ende", und Fehler macht jeder mal. Oft ist man erst hinterher schlauer." Mathilda hatte eigentlich mehr mit sich selbst geredet, Ronja war das aufgefallen. Außerdem war sie sich nicht sicher, ob sie gerade wirklich beide noch von der selben Person sprachen. „Ich brauche erst mal keinen Freund oder Mann an meiner Seite. Jetzt konzentriere ich mich erst mal auf meine Ausbildung.

Ein Mann würde da glaube ich nur stören. Und wenn, dann suche ich mir einen in meiner Altersklasse." Ronja lachte."Was habe ich doch für eine große, vernünftige Tochter." Mathilda nahm Ronja in den Arm und beide machten sich zurück auf den Weg in die Halle. Dort begann es sich so ganz langsam zu leeren. Mittlerweile war es schon halb zwölf Nachts, die meisten waren schon gegangen. Rosa und Karl wollten sich gerade verabschieden. „Wir alten Herrschaften würden jetzt mal gehen. Ist ja eh schon beinahe unverantwortlich dass wir eine der Letzten sind." Rosa schaute sich gespielt schockiert in der Halle um. „Hach, es war so toll dass ihr da wart, vielen lieben Dank auch nochmal für das Geld." Ronja hatte schon mal in den Umschlag gelinst und 1000€ vorgefunden. Sie wusste, dass ihre Tante und ihr Onkel keine armen Leute waren, aber darüber war sie dann doch unglaublich erstaunt. Aber hatte sich natürlich auch wahnsinnig gefreut. Sie würde bestimmt eine gute „Investionsmöglichkeit" finden, und seien es erst mal nur ein paar neue Klamotten. „Wir sehen uns ja morgen früh nochmal" sagte Karl zu Georg. „Wann müsst ihr am Flughafen sein?"

„Also um drei geht unser Flug. Ich würde sagen, es reicht, wenn wir um zwölf dort sind. Dann fahren wir hier so gegen zehn los. Passt das für euch?" Karl blickte abwechselnd zu Mathilda und Georg. Der überlegte „Ja, das müsste eigentlich reichen. Dann seid doch um neun da, dann können wir noch gemütlich zusammen frühstücken." Rosa und Georg verabschiedeten sich von allen und fuhren zurück ins Hotel. Und auch Mathilda und Georg wollten sich langsam auf den Heimweg machen. Die jungen Leute konnten auch ganz gut ohne sie weiterfeiern. Mathilda schaute sich nochmal in der Halle um. „Suchst du jemanden?" Finja und Doro traten neben sie. „Nö, eigentlich nicht." Finja sah sie an. „Falls du Greta suchst: die ist vorhin gegangen, als du mit Ronja auf der Toilette warst. Sie hat uns aber auch nicht Tschüss gesagt." Mathilda überlegte kurz, ob es sich lohnte, sich darüber aufzuregen. Entschied sich aber dann dagegen. „Doro, würdest mich und meinen Mann nach Hause fahren, bitte? Für heute reicht es, und ich glaube, eurem Vater tut eine Mütze voll Schlaf auch gut." Na klar fahr ich euch heim", Doro gab Finja einen schnellen Kuss, „ich hol schon mal das Auto, ihr könnt dann ja gerade raus kommen."

Mathilda machte sich auf die Suche nach ihrem Mann. Und fand ihn, mit einem „Absacker" in der Hand, an der Bar stehend. „Komm her Mamutschka, wir trinken jetzt noch einen zusammen und dann lassen wir uns nach Hause kutschieren. Der Tag war lang und anstrengend, mir tut mittlerweile alles weh." Er verzog, halb gespielt und halb im Ernst, schmerzvoll das Gesicht. Sein Rücken und seine Beine machten ihm heute wieder ganz schön zu schaffen, er war froh, wenn er demnächst im Bett liegen konnte. Er hakte seine Frau unter, sie verabschiedeten sich noch von ihren Töchtern und setzten sich dann zu Doro ins Auto. Die lieferte sie ein paar Minuten später wohlbehalten zu Hause ab. „Mia Schatz, haben wir vielleicht irgendwo noch eine Aspirin?" Mathilda musste lächeln. „Hast du jetzt schon einen dicken Kopf oder willst du „Kater-Prophylaxe" betreiben?" „Nein, ich habe ziemlich Schmerzen in den Knochen", Georg versuchte, nicht allzu wehleidig zu gucken. „Seit wann das denn?" Mathilda sah ihn besorgt an. Das war genau das, was Georg vermeiden wollte. Sie sollte sich keine Sorgen um ihn machen müssen. Er versuchte sie, wenn auch ziemlich, verkrampft, anzulächeln.

„Nicht schlimm, wirklich. Wahrscheinlich habe ich mich heute ein klein wenig übernommen. Immerhin habe ich ja jetzt über Stunden den „Chef de Grill" gegeben, und ich bin ja auch wahrlich nicht mehr der Jüngste." Das er schon seit Wochen immer mal wieder Schmerzen hatte verschwieg er wohlweislich. „Oh, der Herr betreibt „Fishing for Compliments" oder was wird das?", Mathilda schmunzelte, „du bist doch noch fast ein junger Hüpfer im Gegensatz zu manch andere in deinem Alter." Sie zwinkerte ihm verschwörerisch zu. Dann löste sie ihm eine Aspirin auf und brachte sie ihm. „Schön wars, oder?" Sie ließ sich erschöpft auf einen Stuhl fallen. „Ja, wir haben echt alle gute Arbeit geleistet. Ich glaube, Ronja hat sich wahnsinnig gefreut über unsere ganzen Überraschungen." Georg betrachtete seine Frau liebevoll. „Hattest du nochmal mit Greta geredet?" Fragend sah er sie an. „Nein", Mathilda schüttelte den Kopf, „sie war schon weg als Ronja und ich von der Toilette kamen. Vielleicht habe ich die nächsten Tage mal noch die Möglichkeit. Ich kann ihre Aussagen so nicht stehen lassen." Mathilda schüttelte immer noch leicht ungläubig den Kopf wenn sie an Gretas Worte dachte.

Georg hatte sein Glas mit dem Aspirin mittlerweile leer. „Komm Mamutschka, lass uns ins Bett gehen. Morgen früh kommen Rosa und Karl, da will ich fit sein. Ich glaube, wenn wir die beiden am Flughafen abgesetzt haben machen wir uns noch einen schönen Tag in Frankfurt." Mathilda gähnte „Großartige Idee, dann auf, mein armer alter Schorsch." Sie warf ihm einen verheißungsvollen Blick zu. Schelmisch grinsend folgte er ihr ins Schlafzimmer. Am nächsten morgen gegen halb neun standen Karl und Rosa vor der Haustür und klingelten. Sie hatten frische Brötchen besorgt und freuten sich auf eine gemütliche Tasse Kaffee. Mathilde öffnete ihnen die Tür. „Guten morgen ihr zwei. Kommt rein, Georg ist noch im Bad, der brauch heute irgendwie länger als sonst. Habt ihr gut geschlafen?" Rosa drückte Mathilda die Bäckertüte in die Hand und folgte Karl ins Esszimmer. Mathilda hatte schon für sechs Personen gedeckt, wobei sie nicht wusste, welches ihrer Mädchen tatsächlich zum Frühstück auftauchen würde. Sie waren heute Nacht spät nach Hause gekommen, Mathilda hatte auf die Uhr geschaut. Als die Haustür ins Schloss fiel war es halb vier.

Ronja und Lena schliefen mit Sicherheit noch, die würden nicht vor heute Mittag wach werden. Mathilda hatte vollstes Verständnis und war bei den Vorbereitungen fürs Frühstück extra leise gewesen. Finja und Doro schliefen auch noch, Anja ebenso. Rainer hatte heute Nacht die Kinder mit nach Hause genommen und Anja war noch mit ihren Schwestern in der Halle geblieben. Sie und Reiner hatten sich irgendwann gestritten, weil Anja ihm gesagt hatte, das sie die Nacht bei ihren Eltern verbringen wollte. Reiner fand das völlig unnötig und sinnlos, sie könne ja schließlich mit ihm nach Hause fahren. Anja aber hatte ihm widersprochen, sie wollte den Sonntag nach Ronjas Geburtstag gerne noch mit ihrer Familie verbringen. Daraufhin hatte Reiner die Kinder geschnappt und war beleidigt abgezogen. Auch gut, dachte sich Anja, umso mehr Ruhe habe ich daheim. Bis jetzt schliefen also noch alle, die „Alten" waren erst mal unter sich. Karl und Rosa hatten Platz genommen. Mathilda brachte eine Kanne frisch gebrühten Kaffee und setzte sich dazu. „Na, seid ihr gerichtet für den Urlaub? Ich würde ja auch nochmal fort. Schorsch und ich überlegen schon die ganze Zeit, vielleicht über Silvester nochmal nach Hamburg zu fahren.

Die Kinder sind mit Sicherheit anderweitig beschäftigt, bei etwaigen Partys würden wir vermutlich nur stören. Außerdem waren wir ja vor zehn Jahren das letzte Mal an Silvester oben. Seitdem sagen wir ja immer wieder „das müssen wir unbedingt nochmal machen". Aber ihr wisst ja wie das ist." Mathilde zuckte mit den Schultern. Sie hatten sich schon öfter Dinge vorgenommen und mussten sie dann wieder über den Haufen werfen. Mal war was am Haus zu reparieren, dann hatte eines der Mädels irgendwelche Probleme oder sie selbst waren gesundheitlich nicht auf dem Damm. Irgendetwas war immer. Ja, sie waren zwischendurch natürlich immer mal ins Urlaub gewesen. Ein paarmal auch schon bei Karl und Rosa in der Schweiz. Aber das waren ganz oft spontane Geschichten, so richtig lange im Voraus geplant hatten sie schon länger nicht mehr. Rosa und Karl waren da ja eher unabhängig. Sie hatten jemanden, der sich während ihrer Abwesenheit ums Haus kümmerte und zweimal wöchentlich kam sowieso die Putzfrau. Sie waren niemandem Rechenschaft schuldig und sich ihre Zeit völlig frei einteilen.

Manchmal, so ganz insgeheim, beneidete Mathilda die beiden um ihr fast sorgloses Leben. Wenn sie aber dann ihre Töchter und Enkelkinder ansah, und die Liebe spürte, die in dieser ganzen Meute steckte, dann wusste sie, dass sie für kein Geld der Welt mit jemandem tauschen wollte. „Na da ist aber gerade jemand ganz weit weg. Waren es wenigstens schöne Gedanken?" Karl knuffte seine Schwägerin in die Seite. Mathilda schreckte hoch. „Ach Gott, entschuldigt, ich war gerade völlig woanders." „Ja, das haben wir gemerkt", Rosa lachte, „ich hatte dich schon dreimal gefragt, ob du gestern nochmal mit Greta gesprochen hast." Mathilda runzelte die Stirn. „Nein, ich war mit Ronja auf Toilette und bis wir wiederkamen hatte sie sich aus dem Staub gemacht. Ich bin immer noch ziemlich erschüttert über ihre Reaktion und kann mir da auch nicht unbedingt einen Reim drauf machen. Oder könnt ihr euch erklären, was sie da geritten hat.?" Rosa dachte nach. „Ehrlich gesagt eigentlich nicht. Ich hätte, gerade von ihr, ein wenig mehr Verständnis erwartet. Sie muss es ja nicht verstehen oder gutheißen, aber so zu reagieren war absolut überzogen und unangebracht.

Ich bin wirklich mal gespannt, was sie dir zu dem Thema noch zu sagen hat." Karl nickte. „Ja, das bin ich auch. Wirst du sie nochmal direkt ansprechen oder wartest du, bis sie zu DIR kommt?" Mathilda sah ihn fragend an. „Darüber habe ich mir tatsächlich noch überhaupt keine Gedanken gemacht. Ich glaube, ich warte mal ein Weilchen ab. Wenn sie sich innerhalb der nächsten Tage nicht blicken lässt werde ich glaube ich mal zu ihr rüber marschieren. Vielleicht habe ich mich ja bis dahin wieder beruhigt." In dem Moment kam Georg zu den dreien ins Esszimmer. „Einen wunderschönen guten Morgen ihr zwei." Er gab seiner Frau einen Kuss auf die Wange. „Mhh, Kaffee, Brötchen, besser kann ein Tag doch gar nicht starten. Dann lasst uns mal frühstücken, dass wir auch pünktlich loskommen. Schließlich wollt ihr ja bestimmt nicht euren Flieger verpassen." Mathilda schenkte reihum Kaffee ein und schnell waren die vier im Gespräch über Karls und Rosas Reise vertieft. Mathilda sah ihren Mann von der Seite an. Er wirkte etwas blass und erschöpft. „Geht es dir heute besser mein Schatz?" fragte sie ihn zwischen zwei Sätzen. Er lächelte sie an. „Ja, alles wieder bestens.

Ich habe herrlich geschlafen und freue mich auf einen erholsamen, ruhigen Tag." So ganz glauben konnte ihm Mathilda nicht, ihr Gefühl sagte ihr etwas anderes. Aber sie ließ es vorläufig dabei bewenden. Gerade, als sie ihre Tasse geleert hatte, betrat Doro den Raum. „Guten morgen Liebes, du bist aber früh auf. Möchtest du mit uns frühstücken? Ist Finja etwa auch schon wach?" „Guten morgen", Doro fuhr sich verlegen mit der Hand durch ihre schwarzen Locken. Sie hatte nicht damit gerechnet, dass das Esszimmer schon voller Menschen saß. „Kaffee wäre super. Finja ist tatsächlich auch schon wach, ich glaube, sie kommt gleich runter." „Setz dich. Rosa und Karl kennst du ja von gestern. Die beißen äußerst selten, außerdem haben beide schon gefrühstückt." Georg grinste. „Ihr könnt in Ruhe frühstücken, wir gehen demnächst, weil wir die beiden an den Flughafen nach Frankfurt bringen. Ihr habt also Ruhe vor uns." Mathilda kam mit frischem Kaffee aus der Küche und schenkte Doro ein. Dann hielt sie ihr den Korb mit den Brötchen unter die Nase. „Nein danke, ich warte mit dem Frühstück bis Finja unten ist." Georg sah auf die Uhr. Es war viertel nach neun.

„Wollen wir uns dann so langsam fertig machen, dass wir fortkommen? Wir müssen ja auch noch euer Auto nach Hartenrod fahren und eure Koffer einladen. Mia Schatz, bist du fertig?" Mathilda war im Flur und hatte sich ihre Schuhe geholt. Jetzt setze sie sich auf den Esszimmerstuhl, schlüpfte hinein und band sie zu. „Jawoll, ich bin soweit. Ihr auch?" Rosa und Karl tranken ihre Tassen leer und standen auf. „Abfahrbereit, kann losgehen." Rosa strahlte, sie freute sich auf ein paar erholsame Tage mit ihrem Karl in Griechenland. Gerade, als sie alle zur Haustür raus wollten, kam Finja die Treppe herunter. Verschlafen rieb sie sich die Augen. „Wo wollt ihr denn alle hin? Ist Seniorenwandertag?" Ihre Mutter funkelte sie an. „Sei mal nicht so kess junges Fräulein. Wir fahren Tante Rosa und Onkel Karl zum Flughafen, die beiden fliegen für zwei Wochen nach Griechenland. Doro wartet auf dich mit Frühstück, frische Brötchen sind im Korb, Kaffee steht in der Thermoskanne auf dem Tisch. Sag bitte Ronja und Anja später Bescheid, nicht dass die uns suchen. Bitte fahrt später mal hoch in die Halle und guckt nach dem Rechten. Die Salate stehen in der Kühlung, die holt ihr bitte runter zu uns. Dann habt ihr auch gleich was für Mittagessen.

Mit den Tischen und Stühlen müsst ihr nichts machen, da kümmert sich morgen der Hausmeister drum. Euer Vater und ich werden danach noch ein bisschen Frankfurt unsicher machen. Gegen Abend sind wir wieder da. Tschüss mein Schätzchen." Sie drückte ihrer leicht verblüfften Tochter einen Kuss auf die Backe und lief dann den Anderen hinterher. Finja winkte zum Abschied, schloss die Haustür und setze sich im Esszimmer neben ihre Freundin auf einen Stuhl. Sie beugte sich rüber zu ihr und küsste sie zärtlich. „Na, hast du genauso gut geschlafen wie ich?" Finja grinste. Doro hatte sich ein Brötchen geschnappt und schnitt es gerade in zwei Hälften. Eine davon legte sie Finja auf den Teller. In der relativ kurzen Zeit, in der sie beide ein Paar waren, hatten sie kleine Rituale und Gewohnheiten entwickelt. Das war eine davon. „Ich habe wunderbar geschlafen, bis auf dass wohl irgendwo scheinbar in der Nähe ein Holzwerk sein muss. Auf alle Fälle hatte ich die ganze Nacht Sägegeräusche im Ohr." Finja lachte schallend. „Ja, ich weiß. Mein Papa schnarcht gottserbärmlich. Meine Mutter trägt nachts schon stellenweise Ohropax. Aber man gewöhnt sich ja an alles.

Fährst du nachher nochmal mit hoch in die Halle, oder was hast du heute noch vor?" Doro überlegte kurz und sah dann in ihren Terminplaner. „Ach Mist, ich habe um drei ein Shooting in Karlsruhe. Kommst du mit, oder bleibst du hier? Wann musst du wieder ran?" Beide hatten sich mittlerweile einen ziemlich großen Kundenstamm erarbeitet, jede für sich hatte einige lukrative Arbeiten in der kommenden Zeit. Bei zwei dieser Aufträge konnten sie sogar zusammen arbeiten. Der Auftrag heute kam von einer Parfümerie. Sie wollten Doro als Gesicht für ihr neues, hauseigenes Haarspray. Finja hatte erst wieder Mittwochs einen Auftrag, die Tage vorher musste sie für die Prüfung zur Visagistin büffeln. Sie hatte noch einige Zusatzkurse belegt und war jetzt schon, auch dank ihrer Ausbildung zur Friseurin, ziemlich gefragt in der Branche. Die Firmen, die sie bisher gebucht hatten, waren allesamt höchst zufrieden mit ihrer Arbeit. Sie unterhielten sich angeregt über ihre Arbeit als sie Schritte auf der Treppe hörten. Aus der Küche ertönte Geschirrklappern, dann hörte man Porzellan, das auf dem Boden zerschellte, gefolgt von einem ziemlich lauten „Scheiße". Ronja war wach, oder wenigstens aufgestanden. „Wach" konnte man diesen Zustand noch nicht wirklich nennen. „Man wirft erst am Polterabend mit Geschirr, nicht einen Tag nach seinem 18. Irgendwas hast du da falsch verstanden." Finja stand mit verschränkten Armen im Türrahmen und beobachtete Ronja beim Scherben aufsammeln. „Jetzt schneid dich nicht auch noch, sonst kriegt Mama zu viel. Geschirrverlust UND Verletzte halten ihre Nerven nicht aus." Ronja stöhnte genervt. „Dann steh da nicht so blöd rum, hol mir lieber mal was zum kehren." Finja tat wie geheißen und schleppte Kehrschaufel und Handfeger an. „Hier, saubermachen darfst du aber alleine. Ich geh jetzt frühstücken. Schläft der Rest eigentlich noch?" Ronja ging in die Knie und fing an, die kleinen Porzellanscherben zusammen zu suchen. „Also Lena pennt auf alle Fälle noch, Anja habe ich in ihrem Zimmer schon rumoren gehört. Lasst mir ein Brötchen übrig, ich komm auch gleich." Finja ging zurück zu Doro und schmierte sich Butter auf ihre Brötchenhälfte. Die beiden aßen, während es draußen in der Küche immer wieder dann schepperte, wenn Ronja eine Kehrschaufel voll Scherben in den Eimer knallte. Endlich hatte sie alle sichtbaren Kleinstteile aufgelesen.

Ihre Mutter würde hoffentlich nicht merken, dass sie zwei ihrer Teller in ein Porzellanpuzzle umgewandelt hatte. Sie ließ sich erschöpft auf eine freien Stuhl im Esszimmer fallen. „Super, was ein gelungener Auftakt in den ersten Morgen meines neuen Lebensjahres. Gibt's noch Kaffee?" Sie hatte sich kaum die Tasse voll geschenkt, als Anja im Nachthemd in der Tür auftauchte. Total zerzaust, mit tiefen Ringen unter den Augen. Finja schaute sie skeptisch an. „Hast du nicht geschlafen oder warum siehst du aus als hätte man dich durch die Mangel gedreht?" Anja holte sich eine Tasse aus der Küche, setze sich zu ihren Schwestern und Doro an den Esszimmer-Tisch und schenkte sich zunächst wortlos Kaffee ein. „Ich hätte ja noch geschlafen, aber irgendjemand hat hier unten die Bude auseinandergenommen. Es klang, als wäre einer mit ner Abrissbirne durch die Küche gefahren." Sie nahm eine großen Schluck Kaffee und blinzelte dann verschlafen in die Runde. „Sooo schlimm wars jetzt auch wieder nicht. Es waren ja auch nur zwei Teller." Ronja guckte leicht schuldbewusst. „Du hast zwei von Mamas Tellern zerdeppert? Na Mahlzeit, dann guck wenigstens, dass du die Scherben nachher noch verschwinden lässt.

Wo sind die beiden eigentlich? Hier ist es ziemlich ruhig....also jetzt wieder." Sie grinste Ronja an. Die schlug die Hände vor die Augen. Finja antwortete „Mama und Papa fahren gerade Tante Rosa und Onkel Karl nach Frankfurt an den Flughafen. Danach wollen sie noch in die Stadt. Kann also später werden bis die wieder da sind. Wir sollen uns die Salate aus der Halle holen. Aber jetzt erzähl uns doch erst mal, warum du so ungezügelt aussiehst." Finja schaute ihre große Schwester erwartungsvoll an. Die nahm noch einen großen Schluck aus ihrer Tasse und überlegte, was sie jetzt sagen sollte. Sie befürchtete, wenn sie jetzt loslegte gab es kein Zurück mehr. Sie würde vielleicht mehr sagen, als sie eigentlich wollte. Aber vielleicht würde es auch gut tun, sich endlich mal den ganzen Frust von der Seele zu reden. Sie stellte die Tasse ab und holte tief Luft. „Ich bin schon länger nicht mehr wirklich glücklich wisst ihr? Ich habe das Gefühl, mein Leben läuft gerade völlig an mir vorbei. Jeden Tag der gleiche Trott, der gleiche, langweilige Ablauf. Der Haushalt, die Kinder, Reiner... das alles nervt mich gerade. Ich seh darin keinen wirklichen Sinn mehr. Versteht mich nicht falsch, ich liebe meine Kinder über alles.

Aber ICH bleibe irgendwie völlig auf der Strecke. Keinen interessiert es, wie es MIR geht oder was ICH gerne mal wieder tun würde. Ich habe nur noch zu funktionieren, und wehe, wenn nicht. Ich habe wahrhaftig keine großen Ansprüche, aber selbst das Wenige, was mir wichtig wäre, scheint immer ein riesengroßes Problem darzustellen. Reiner hat keinerlei Verständnis für mich, für ihn zählen nur seine Eltern und seine Arbeit. Er ist ein fürchterlicher Langweiler und Egozentriker. Seine Launen und Macken kotzen mich regelrecht an, ständig hat er irgendetwas zu motzen, nichts kann man ihm recht machen. Egal, was ich zur gemeinsamen Freizeitgestaltung vorschlage, er ist prinzipiell dagegen und macht es schlecht. Seiner Meinung nach habe ich zuhause zu warten, bis er von der Arbeit kommt, nach Möglichkeit hat das Essen schon auf dem Tisch zu stehen und die Kinder haben nicht zu stören. Wenn ich sage, dass ich mal wieder zum Friseur möchte oder vielleicht neue Klamotten bräuchte, werde ich blöd angemacht, so auf die Art „wem willst du denn noch gefallen? Das ist raus geschmissenes Geld". Ich dümpele nur noch vor mich hin, lege überhaupt keinen

Wert mehr auf mich, und bin von mir selbst am meisten genervt. Ich habe noch so viele Träume, aber irgendwie steh ich mir bei der Umsetzung selbst im Weg. Ich weiß nicht mehr, was ich noch tun soll!!" Sie hob verzweifelt die Hände und wischte sich eine Träne von der Backe. Die anderen am Tisch waren völlig perplex. SO schlimm hatten sie sich das nicht vorgestellt. Jeder dachte irgendwie, Anja hätte einfach nur eine kleine Sinnkrise, so eine Art von Torschlusspanik. Das sie aber tatsächlich todunglücklich war, war bisher keinem wirklich aufgefallen, und sie hatte es auch ziemlich gut vor allen anderen verborgen. Finja ergriff als Erste das Wort. "Ok, oh Mann, warum in aller drei Teufels Namen hast du denn nicht schon mal früher etwas gesagt??? Das werden wir ändern, so viel steht ja wohl schon mal fest. Ich habe meinen Stylisten-Koffer im Auto, das heißt, wir kümmern uns gleich erst mal um eine anständige Frisur. Und dann beratschlagen wir, was wir mit Reiner machen. Was hast du morgen vor?" Finja war so voller Elan und Eifer, dass Anja sie völlig erschrocken ansah. "Ähm, die Kinder haben morgen wieder Schule und Kindergarten, Reiner geht arbeiten, ich mache wie immer meinen Haushalt und muss noch für Else einkaufen.

Warum?" Finja sah in die Runde. „Hat jemand morgen noch etwas genau so „Wichtiges" vor wie unsere Anja hier, oder können wir uns den elementaren Dingen wie „Shopping" und Haare färben widmen?" Ronja klatschte begeistert in die Hände. „Au ja, Shopping klingt super. Ich habe doch von Tante Rosa und Onkel Karl einen schönen dicken Umschlag bekommen. Da könnte ich schon mal einen Teil in die „besser aussehen für die Ausbildung"-Kasse fließen lassen." Anja guckte weiterhin ziemlich skeptisch. „Ist das jetzt euer Ernst? Ihr habt vor, mich komplett umzustylen…. und dann? Lasse ich mich scheiden, gebe die Kinder in ein Internat, besorge mir einen gefälschten Pass und fange eine neues Leben an oder wie?" Finja klopfte ihr beruhigend auf die Schulter. „Vertrau uns mal, das wird super. Du wirst sehen, morgen Abend fühlst du dich wie ein neuer Mensch. Und wenn nicht hast du wenigstens `ne schicke neue Frisur und ein paar Klamotten mehr im Schrank. Also, was hast du schon zu verlieren?" Finja, Ronja und sogar Doro sahen sie herausfordernd an. Anja dachte nach. Ja, was hatte sie schon zu verlieren? Es sollte ihr egal sein, was Reiner zu alle dem sagte, ihm war ja sonst auch egal was sie tat.

Meistens fiel es ich ja nicht mal mehr auf. Solange alles seinen, für ihn, gewohnten Gang ging, war er zufrieden. Und zu meckern hatte er ja so oder so, egal was sie tat oder nicht tat. „Also gut, dann lasst uns mal gucken, was man aus so einer kaputten Schachtel wie mir noch rausholen kann." Sie verzog die Mundwinkel nach oben und wollte damit ein Lächeln andeuten, was ihr allerdings auf Anhieb gründlich misslang. Finja leerte ihre Kaffeetasse und sprang vom Stuhl. Sie war voller Feuereifer und Elan. Seit sie gestern ihrer Familie endlich die Wahrheit über sich und Doro gesagt hatte, fühlte sie sich unglaublich erleichtert, glücklich, beinahe beschwingt. Und nun wollte sie, dass sich jeder in ihrem Umfeld genauso fühlte. „Ich geh jetzt meine Utensilien holen. Noni, hol euch doch bitte schon mal Mamas alten Friseurumhang. Und du mein Schatz, würdest du mir oben aus meiner Tasche die zwei Tuben holen bitte?" Finja warf Doro eine Kusshand zu und flitzte Richtung Auto. Anja war fast ein wenig überfordert von dem ganzen Arbeitseifer, den ihre Schwester gerade an den Tag legte. Aber jetzt hatte sie zugesagt und wartete nun einfach ab, was man mit ihr vorhatte.

Und so ganz insgeheim, irgendwo tief drinnen, begann sie sich zu freuen. Ronja kam mit dem Umhang zurück und drapierte ihn Anja um die Schulter. Doro stellte die zwei Tuben auf den Tisch. Anja versuchte zu entziffern, was darauf stand, aber außer „purple" konnte sie nichts richtig lesen. Finja kam wieder, mit einem ziemlich großen Korb voller Scheren, Kämme, Schüsselchen, Klammern und Pinsel. Zuerst schnappte sie sich eine kleine Schüssel aus ihrem Sortiment und verschwand, mit samt den Tuben, kurz im Bad. Als sie wieder kam befand sich in der Schüssel eine hell-lilafarbene Pampe. „Hallo? Von Farbe war glaube ich keine Rede, ich dachte, wir schneiden nur ein wenig die Spitzen oder so." Anja guckte grundskeptisch, ein bisschen so, als hätte Finja ihr gedroht, ihr eine Glatze zu schneiden. „Nur ein bisschen heller, dann kommt der Schnitt nachher besser zur Geltung. Vertrau mir einfach." Doro kochte nochmal frischen Kaffee, vermutlich würden sie ihn noch brauchen. Finja legte Anja noch ein altes Handtuch um die Schultern und schnappte sich den Pinsel. Anjas Haare waren eigentlich mittelbraun und reichten ihr bis auf den halben Rücken runter. Weil sie nun schon Ewigkeiten nicht mehr beim Friseur war, und ihre langen Haare zu kompliziert fand, band sie sie meistens entweder zu einem schnellen Zopf zusammen oder knüllte sie zu einem unordentlichen „Mama-Dutt". Um die Länge wollte Finja sich später kümmern. Jetzt teilte sie Anjas Haarsträhnen gekonnt auseinander, und bepinselte jede einzelne mit der angerührten Farbe. „So, das lassen wir jetzt mal zwanzig Minuten einwirken. Dann machen wir nochmal was anderes auf die Spitzen." Während die Farbe einwirkte berieten die vier Mädels, wohin sie morgen überall gehen wollten. Ronja schlug das „Rhein-Neckar Zentrum" in Viernheim vor. Schließlich gab es dort eine Menge verschiedener Geschäfte zur Auswahl. Und man könnte auch gleich mal nach passenden Schuhen gucken. Das war ein Argument, jede war sofort damit einverstanden. Sie pilgerten zu viert ins Bad um die Farbe auszuwaschen. Finja ließ Anja den Kopf über die Badewanne hängen und spülte sorgfältig die Farbe raus. Dann schlang sie ihr ein Handtuch um den Kopf und verbot ihr , in den Spiegel zu sehen. „Wir sind noch lange nicht fertig, gucken kannst du, wenn mein Meisterwerk vollendet ist." Mit den Worten platzierte sie Anja wieder auf dem Stuhl und kämmte ihr vorsichtig das nasse Haar durch. Dann fuchtelte sie gekonnt und zielsicher mit Schere und Kamm auf Anjas Kopf herum. Die hatte mittlerweile sämtliche Selbstzweifel komplett über Bord geworfen und war einfach nur noch wahnsinnig gespannt und aufgeregt. „Wie viel bist du bereit, herzugeben?" Finja nahm mit ihren Fingern Maß und zeigte Anja, was sie gedachte, abzuschneiden. Die war auf den ersten Blick völlig schockiert über den Abstand der Finger, die Finja ihr hinhielt. „Ernsthaft? SO viel??" Jetzt bekam sie doch kurz Skrupel. Was tat sie hier eigentlich? Reiner würde sie später fragen, welche Substanz ihr wohl das Hirn vernebelt hatte. Aber sollte ihr das nicht eigentlich egal sein? Immerhin hatte sie ihr Mann die letzten Jahre über kaum noch wirklich beachtet, von Komplimenten oder netten Worten mal ganz zu schweigen. Also, was soll's? Sie nickte. „Ok, einverstanden Nana. Fang an!" Das ließ sich Finja nicht zweimal sagen. Strähne für Strähne fiel der Schere zum Opfer. Anja war entgeistert von der Farbe der Strähnen, die mittlerweile auf dem Boden lagen. Sah so etwa ihr ganzer Kopf aus? Ronja und Doro schlugen beide fast synchron die Hand vor den Mund. „Ich will nichts hören, ihr macht Anja ja Angst."

Finja guckte gespielt ernst in die Richtung der Beiden und schnappte sich eine weitere Tube aus ihrem Korb. Mit dem Inhalt begann sie, Anjas Spitzen zu bearbeiten, wobei sie hie und da auch noch etwas in den Längen verteilte. „So, jetzt noch mal eine Viertelstunde warten. Danach geht's in den Endspurt." Doro und Ronja fuhren in der Zwischenzeit nach Hartenrod in die Halle und holten die restlichen Salate und Kuchen vom Vorabend. Als die beiden wieder zurück waren, hatte Finja Anja schon zum zweiten mal die Haare gewaschen. Wieder hatte sie ihr verboten, in den Spiegel zu sehen. Jetzt holte sie ihren Föhn, das Glätteisen und einige Haarklammern. Anja konnte sich mittlerweile überhaupt nicht mehr vorstellen, wie sie wohl gerade aussah. Sie wusste nur, dass ihr Finja gut 20 Zentimeter ihrer Haare abgeschnitten hatte, und das was da immer noch auf dem Boden vor ihr lag, hatte auch mit ihrer bisherigen, eher mausgrauen, Haarfarbe so gar nichts mehr zum tun. Sie schloss die Augen und gab sich der Wärme des Föhns und des angenehmen Gefühls der Bürste auf der Kopfhaut hin. Dann heizte Finja das Glätteisen vor und begann in der Zwischenzeit, Anjas Gesicht zu bearbeiten.

Anja war mittlerweile alles wurscht, es konnte ja auch nur besser werden. Sie machte die Augen erst wieder auf, als Ronja, Finja und Doro sie zum großen Spiegel ins elterliche Schlafzimmer gezerrt hatten. Sie öffnete langsam die Augen und nahm sich erst gar nicht richtig wahr. Sie sah Ronja mit offenem Mund hinter ihr stehen und Finja höchst selbstzufrieden auf ihr Werk schauend. Dann erst betrachtete sie die völlig fremde Frau im Spiegel. DAS war wirklich sie?? Anja konnte es kaum glauben. Sie war fassungslos, gleichzeitig fühlte sie sich wie neugeboren. Die Frau, die sie da aus dem Spiegel anstarrte, hatte mit der Anja, die sie noch vor gut zwei Stunden war, überhaupt nichts mehr gemeinsam. Zumindest rein äußerlich nicht. Die Haare waren nun in etwa kinnlang, hinten kürzer als vorne, so dass sie weich ins Gesicht fielen. Die Farbe war gigantisch, ein sanfter, heller Fliederton, der in den Längen in ein sattes Pink überging. Finja hatte sie dezent, aber dennoch ausdrucksstark geschminkt. Vor allem ihre wunderschönen braunen Augen kamen so unglaublich zur Geltung. Sie drehte sich hin und her und war erst mal völlig sprachlos. „Gott, bin ich ne heiße Schnitte."

Dann musste sie lachen, so sehr, dass ihr die Tränen kamen. Sie wirbelte herum und drückte Finja ganz fest an sich. „ DANKE, du hast ein wahres Wunder vollbracht. Ich hätte niemals gedacht, dass ich nochmal so gut aussehen könnte." „Also ich finde ja, du siehst jetzt mindestens zehn Jahre jünger aus." Auch Ronja strahlte, sie hatte Anja schon lange nicht mehr so gelöst und glücklich gesehen. Ihre älteste Schwester war für sie immer so ein wenig das Sinnbild für Ernst, Strenge, Unnahbarkeit und Freudlosigkeit gewesen. Jetzt strahlte sie gerade eine Zufriedenheit aus, die man lange an ihr vermisste hatte. „Reiner wird der Schlag treffen vermute ich mal." Ronja sprach aus, was Anja schon beim ersten Blick in den Spiegel gedacht hatte. Und sie selbst war mehr als erstaunt darüber, dass es ihr eigentlich ziemlich egal war. Sie fühlte sich großartig, alles andere war ihr gerade unwichtig. „So, und jetzt schnappen wir uns den Rest Kuchen und setzten uns raus in den Hof, das Wetter ist noch herrlich. Außerdem schicken wir Mama und Papa mal ein Bild von ihrer „neuen" Tochter. Ich bin mal gespannt, ob sie dich noch erkennen." Finja blinzelte verschwörerisch und war sichtlich stolz auf ihr Werk.

Sie trugen Teller, Gabeln und Gläser raus in die Sonne und deckten gemeinsam den Tisch. Doro fühlte sich unglaublich angenommen, gerade so, als hätte sie seit gestern zwei Schwestern dazu bekommen. Und dann saßen sie zu viert im Hof der Blomens und ließen sich den Rest Donauwelle von Vortag schmecken. Anja sah immer wieder in ihr Handy, dass Bild, das sich darin von ihr spiegelte, faszinierte sie jedes mal aufs Neue. Sie überlegte kurz, ihrem Mann ein Bild zu schicken, entschied sich aber dann achselzuckend dagegen. Er würde noch früh genug was zu motzen haben. Sie würde sich diese wundervollen, friedlichen Momente jetzt nicht verderben lassen. Sie schickte ihm lediglich eine Nachricht, dass sie etwas später kommen würde. Als Antwort kam „wenn du meinst...aber die Kinder müssen morgen früh raus, das weißt du hoffentlich noch!" Wann war er eigentlich so ein nörgelnder, griesgrämiger, narzisstischer Mensch geworden? Anja konnte sich nicht erinnern. Sie schrieb zurück „Ja, dessen bin ich mir bewusst, mach dir keine Gedanken." Es fühlte sich an, als hätte sie durch die neue Frisur auch gleichzeitig neuen Mut gewonnen, als hätte sich ihr Innerstes durch die neue

Haarfarbe völlig geändert. Und es fühlte sich verdammt gut an. Sie würde sich ab jetzt nicht mehr alles gefallen lassen. Entweder, er würde sie als gleichberechtigte Partnerin akzeptieren, oder sie musste ihre Konsequenzen ziehen. Und noch während sie so ihren Gedanken nachhing, und dem Geplauder ihrer Schwestern und Doro zuhörte, rief es über den Zaun „Na ihr vier Hübschen?" Alexander war mit seiner Familie wohl zu einem Sonntagsspaziergang unterwegs und winkte nun herüber. Dann riss er die Augen weit auf, buchstäblich fielen ihm fast die Augen aus dem Kopf und die Kinnlade nach unten auf die Füße. „Anja, bist du's wirklich???" Völlig baff starrte er sie an. „Du siehst unglaublich aus, wahrhaft wunderschön." Anja lächelte ihm beinahe verschämt zu. „Vielen lieben Dank für das Kompliment. Das war Finjas Werk. Ich muss mich glaube ich erst noch daran gewöhnen, dass ich jetzt erst mal keinen Haargummi mehr brauche." Sie lächelte und fuhr sich verlegen über die Haare. „Und du bist toll geschminkt, jetzt sieht man erst wieder, was für eine tolle Frau du bist. Also, nein, das sah man die ganze Zeit, ich meine nur, JETZT ist das noch offensichtlicher als vorher, also nicht falsch verstehen, ich fand dich ja schon immer toll…..." Er kam aus dem Stottern nicht wirklich wieder raus und Ronja fiel ihm beinahe unwillig ins Wort. „Jaaa, wir wissen es jetzt, du findest Anja ganz toll. Und sie dich offenbar auch. Sonst würde sie dich gerade nicht so anstarren wie die Kuh ihr Kälbchen." Doro schnappte leicht nach Luft und Anja fuhr wütend herum. „Sag mal, bist du irgendwo aus Versehen gegen eine Wand gelaufen oder was soll der Mist?" Ihre Augen funkelten zornig. Auch Finja sah Ronja ziemlich erstaunt an. Alexander duckte sich weg, rief ein „habt noch einen schönen Sonntag ihr vier Grazien" und folgte leicht belämmert seiner vor sich hin schlurfenden Frau und seinen Kindern. Im Hof machte Anja ihrem Ärger Luft. „Hat dir jemand ins Gehirn geschissen oder was sollte dieser bescheuerte Spruch gerade? Ich kann definitiv NICHTS dafür, wenn DU bei ihm nicht landen konntest. Offensichtlich steht er nicht so auf junges Gemüse sondern bevorzugt Damen mit einer gewissen Lebenserfahrung. Und nein, ich lege keinerlei Wert auf Anmachen diverser Männer und notgeiler Kreaturen. Aber zu hören, dass man nicht mehr aussieht wie Konrad aus der Tonne tut tatsächlich mal wieder richtig gut.

Und ja, ich habe es gerade sekundenlang genossen, mich unter seinen Blicken wieder als eine Frau zu fühlen. Du kennst das Problem nicht, dass weiß ich. Du bist jung, bildhübsch, charmant und witzig. Ich war die letzten Jahre davon unendlich weit entfernt. Und ich finde es gerade richtig scheiße von dir, dass du mir diesen kleinen Flirt nicht gönnst. Du könntest jeden haben. Also lass mir wenigstens die paar Momente." Bei den letzten Sätzen war Anjas Stimme immer ruhiger geworden und hatte zum Schluss fast traurig und resigniert geklungen. Jedem am Tisch war das aufgefallen. Ronja schaute ziemlich zerknirscht aus der Wäsche und sah Anja schuldbewusst an. „Mensch, sorry, das wollte ich nicht. Du hast ja recht. Ich hatte mich ziemlich über ihn geärgert, weil ich gestern dachte, er baggert mich an. Dabei fand er dich da schon erheblich interessanter als mich." Jetzt wurde Anja hellhörig. Doch noch bevor sie weitere Fragen stellen konnte tauchte Lena in der Haustür auf. „Warum seid ich denn alle schon so schrecklich wach?" Sie sah aus, als hätte sie mit dem Finger in der Steckdose geschlafen und ihr Gesicht war so Make-up-verschmiert, als hätte sich eine Kompanie Zwerge mit Waschlappen an ihr zu schaffen gemacht.

„Wach" war definitiv gerade nicht IHR Zustand, sie blinzelte mit zusammengekniffenen Augen in die Sonne. „Boah ey, mein Schädel brummt und ich habe einen Geschmack im Mund, als hätte ich heut Nacht mit einem Waschbär geknutscht. Ich glaube, ich geh schnell duschen wenn´s okay ist. Oh, ihr habt Besuch, entschuldigen Sie bitte meinen Aufzug." Sie nickte Anja zu, die und der Rest der Mannschaft prusteten los. Dann machte Lena die Augen richtig auf und erstarrte mitten in der Bewegung. „Ach du Scheiße, Anja, bist du's? Menschenskinder siehst du heiß aus." Lena war immer so erfrischend ehrlich. Im Augenblick aber fehlten sogar ihr die Worte. „Wow, du siehst unglaublich aus! Wann ist das denn passiert? Wie lange habe ich denn geschlafen, und wer war das?" Sie kam sich vor, als hätte sie irgendwie eine ganze Epoche total verpennt. Dann schaute sie auf ihre Armbanduhr. Es war halb drei Nachmittags. „Oh mein Gott, wieso weckt mich denn keiner?" Sie kratzte sich am Kopf und rieb sich die Augen. Wenn sie die gesamte Familie Blomen nicht schon ewig kenne würde, wäre es ihr jetzt ziemlich peinlich gewesen. Aber so gehörte sie ja schon fast dazu, war wie eine vierte Schwester.

Jetzt ging sie wortlos und leicht kopfschüttelnd Richtung Bad. Sie freute sich für Anja, es war zu spüren gewesen, wie sehr diese an sich so lustige und liebe junge Frau die letzten Jahre innerlich verkümmert war. Im Hof machte sich leichte Panik und Hektik breit. Doro hatte, im Zuge der „hässliches Entlein-schöner Schwan" Aktion beinahe ihren Termin vergessen und brach nun Hals über Kopf auf. Sie drückte Ronja und Anja nochmal ganz fest. „Du siehst wirklich fantastisch aus", flüsterte sie Anja ins Ohr. Dann küsste sie Finja, die mittlerweile Doros Tasche von oben geholt hatte. „Sehen wir uns heute Abend". Finja überlegte. „Wenn es dir nichts ausmacht würde ich heute nochmal hier bleiben und wir sehen uns morgen dann im RNZ. Wäre das okay für dich?" Sie strich Doro über die Wange und sah ihr tief in die Augen. „Aber ja, alles gut. Dann mache ich heute Abend noch in Ruhe meinen Haushalt, der hat's eh mal wieder nötig. Dann bis morgen mein Schatz." Sie küsste Finja nochmal schnell und stob dann davon. Zurück am Tisch kam Anja nochmal auf Ronjas letzten Satz zurück, bevor Lena überraschend aufgetaucht und Doro überstürzt aufgebrochen war. „Wie war das gerade eben? Alex fand mich interessant?

Was hat er denn gesagt?" Sie wollte eigentlich nicht ganz so aufgeregt klingen, aber gerade kam sie sich ein wenig vor wie ein sechzehnjähriger Teenager. „Naja, du hättest so eine tolle Ausstrahlung und er würde gar nicht verstehen, dass dein Mann sich nicht wirklich um dich kümmert. Außerdem hat er noch gemeint, wir wären alle drei was ganz Besonderes, aber du stichst da irgendwie nochmal raus." Anjas Gesicht nahm eine leicht rötliche Tönung an und biss sich nun farblich gewaltig mit ihrer neuen Haarfarbe. „Im Ernst? Das hat er gesagt? Noch was?" Finja musste schmunzeln. „Ich glaube, für den Anfang reicht das doch wohl, bevor du noch völlig abhebst. Jetzt, wo du optisch gerade die Schönste von uns allen bist." Sie grinste Anja an, die schlug die Hände vors Gesicht. In dem Moment machte Finjas Handy laut „Ping" und kündigte damit eine eingehende Nachricht an. „Ist das tatsächlich MEINE Anja??" Ihre Mutter hatte das Bild gesehen und gleichzeitig eine Menge Smileys an die Nachricht angehängt. Ronja, Finja und Anja rückten ganz nah zusammen und schickten ihren Eltern ein Selfie als Antwort. Anja sah auf die Uhr. Mittlerweile war es halb vier. Sie überlegte, aufzubrechen.

Die Kinder würden sie bestimmt schon vermissen, Reiner eher weniger. Dem war es nur wichtig, das heute Abend etwas zu essen auf dem Tisch stand. Sie ging nach oben in das Gästezimmer, dass sie immer in Beschlag nahm, wenn sie bei ihren Eltern zu Besuch war. Finja und Ronja hatten beide noch ihre eigenen Zimmer. Sie packte ihre Sachen zusammen und betrachtete sich nochmal im Spiegel. Was sie dort sah, machte sie ziemlich zufrieden. Sollte Reiner etwas zu meckern haben würde sie ihn über kurz oder lang vor die Wahl stellen. Entweder, er würde sich ändern, und sie wieder „normal" behandeln, oder sie wäre schneller von ihm weg als ein Keks in einer Kifferrunde. Sie fühlte sich gerade unglaublich stark und selbstbewusst und hoffte, das Gefühl würde noch anhalten, wenn sie vor ihrem Ehemann stand. Sie ging zurück in den Hof und nahm Finja nochmal ganz fest in die Arme. „Danke Nana, dass du quasi deinen freien Tag für mich geopfert hast und mich wieder hast zu einem Menschen werden lassen." Dann drückte sie Ronja nochmal an sich. „So du kleine Erwachsene, wie sehen uns morgen beim Shoppen. Wann treffen wir uns eigentlich?" Anja sah ihre Schwestern fragend an.

„Ich würde vorschlagen, gleich um zehn. Dann haben wir noch schön Zeit, bis die Zwiebel vom Kindergarten kommt, oder?" Ronja kannte die Schul- und Kindergartenzeiten ihrer Nichte und ihres Neffen auswendig. Anja überlegte. „Wenn ich Else dazu bringen könnte, wenigstens eins zwei Stunden auf Leonie aufzupassen hätten wir sogar noch etwas länger Zeit. Das sag ich euch dann aber morgen nochmal Bescheid. Macht's gut ihr zwei, sagt Lena und Mama und Papa liebe Grüße von mir. Und Mama könnt ihr sagen, ich würde sie morgen mal anrufen. Bis dann." Winkend verließ sie den Hof und setze sich in ihr Auto. Über die knapp einstündige Fahrt hinweg überlegte sie sich verschiedene Szenarien, wie ihr Mann auf seine „neue" Frau reagieren würde. Und keins davon traf auch nur annähernd die Reaktion, die er dann tatsächlich an den Tag legte. „Bist du eigentlich vollkommen übergeschnappt??" Er sah sie voller Abscheu, ja fast Hass, an. „Du siehst aus wie eine billige Nutte. Die Farbe ist abscheulich und das Geschmiere in deinem Gesicht sieht grauenvoll aus. Wie kannst du es wagen, so einen Scheiß zu machen, ohne mich vorher zu fragen.

Morgen gehst du zum Friseur und lässt dir diesen Dreck vom Kopf machen. Das wird wieder eine schöne Stange Geld kosten. Aber das ist der Madame ja wohl egal. Du musst es ja nicht verdienen. Du kannst ja schön den ganzen Tag zuhause verbringen und den lieben Gott einen guten Mann sein lassen. Außer das bisschen Haushalt und sich nachmittags ein wenig mit den Kindern abgegeben hast du doch die letzten Jahre nichts wirklich produktives geleistet." Sie hatte sich seine minutenlange Tirade wortlos angehört, sah in seine wutentbrannten Augen und in dieser Sekunde legte sich in ihrem Kopf endlich ein Schalter um. „Ich sag dir jetzt mal was", sie trat einen Schritt auf ihn zu und erwiderte eisern seinen harten Blick, „DU bist das Allerletzte. Seit Lennox auf der Welt ist hast du mir quasi verboten arbeiten zu gehen. Du fandest es immer sehr viel bequemer, heim zu kommen, und alles war erledigt. NICHTS musstest du tun, außer deiner weinerlichen und anspruchsvollen Mutter zu Diensten sein. Du hast dich weder um mich noch um die Kinder sonderlich gekümmert. Was ich die letzten Jahre gefühlt oder gedacht habe war dir mehr als egal, es musste sich immer alles um DICH drehen.

Und das, mein lieber Reiner, hat hier und heute ein Ende. Du wirst deine Koffer packen und verschwinden. Ich habe deine Bevormundungen, deine Vorwürfe und deine ewige schlechte Laune so dermaßen satt, ich kann dir gar nicht sagen, wie sehr. Das Haus gehört mir, dass weißt du. Zieh von mir aus zu deiner Mutter, die wird sich freuen ihren „Reini" endlich wieder ganz für sich alleine zu haben. Und ich bin froh, wenn du endlich aus meinem Leben verschwindest." Sie sah ihn mit kalten Augen an, während sämtliche Farbe aus seinem Gesicht zu weichen schien. „Das kannst du doch nicht machen", stammelte er. „Was ist denn dann mit den Kindern? Und was wird aus mir?" Er verstand die Welt nicht mehr, sie sah es ihm an. War ja eigentlich klar, immerhin war es ja die letzten Jahre nahezu perfekt für ihn gelaufen. Ab jetzt würde SIE endlich wieder anfangen, zu leben. Ohne ihn! „Für die Kinder werden wir eine Regelung finden, sie werden dich allerdings kaum vermissen. Du hast dich so selten mit ihnen wirklich befasst, dass es ohne dich genauso weitergehen wird wie mit dir. Was aus DIR wird interessiert mich gerade so viel, wie es die letzte Jahre interessiert hat, was aus MIR wird.

Ich möchte, dass du jetzt verschwindest….SOFORT!" Das letzte Wort hatte sie fast geschrien. Lennox kam aus seinem Zimmer und sah seine Eltern fragend an. Dann sagte er „Wow Mama, du sieht echt spitze aus!" Anja fühlte eine unglaubliche Genugtuung ihrem Mann gegenüber. Sie sah ihn durchdringend an, und Reiner spürte in diesem Moment, dass er verloren hatte. Momentan war mit seiner Frau nicht mehr zu reden, er würde vorerst den Rückzug antreten. Reiner fühlte sich verdammt schlecht, er wusste, dass er heute zu weit gegangen war. Anja blieb mit verschränkten Armen stehen, in ihrem Blick lag pure Verachtung. Sie bat Lennox, wieder auf sein Zimmer zu gehen und wartete, dass ihr Mann endlich das Feld räumen würde. Gut eine halbe Stunde später hatte Reiner das Notwendigste gepackt und stand nun mit zerknirschtem vor seiner Frau. „Anja, bitte es…. Doch Anja ließ ihn nicht mehr zu Wort kommen. „Verschwinde, ich kann dich nicht mehr sehen. Schon lange nicht mehr." Er sah ihren Blick und zog beim Rausgehen leise die Haustür hinter sich zu. Reiner hatte seine 15jährige Ehe und somit auch seine 18jährige

Beziehung zu Anja eigenhändig und mit voller Wucht an die Wand gefahren. Als ihr Mann draußen in sein Auto stieg und langsam weg fuhr, ließ sich Anja im Wohnzimmer auf die Couch fallen. Sie weinte, wie sie schon ewig nicht mehr geweint hatte. Und mit jeder vergossenen Träne fühlte sie sich freier. Eine Viertelstunde später putzte sie sich die Nase und rief nach ihren Kindern. „Leonie, Lennox, kommt ihr mal zu mir ins Wohnzimmer bitte?" Beide erschienen sofort, Anja vermutete, dass sie gelauscht hatten und nur darauf gewartet hatten, dass sie gerufen wurden. „Hört mal ihr Beiden, für uns wird sich in nächster Zeit einiges ändern. Der Papa und die Mama haben sich heute ziemlich gestritten und jetzt wohnt der Papa erst mal ein Weilchen woanders. Ihr werdet ihn aber immer an den Wochenenden sehen können. Außerdem werde ich mir für Vormittags, wenn ihr in der Schule beziehungsweise im Kindergarten seid, wieder einen Job suchen. Es könnte sein, dass wir uns die erste Zeit ein bisschen einschränken und umgewöhnen müssen. Aber wir drei schaffen das doch, oder? Außerdem gibt's da ja noch Oma, Opa, Tante Finja und Tante Ronja. Wie sind also nicht alleine. Ist das okay für euch? Leonie und Lennox sahen ihre Mutter an.

Leonie sah Anja das erste Mal seit sie wieder zuhause war. Jetzt hauchte sie „Mama, du siehst aus wie eine Prinzessin." Sie schmiegte sich an ihre Mutter und lachte. Lennox dachte nach, Anja sah es ihm überdeutlich an. „War Papa deshalb böse? Weil du jetzt anders aussiehst?" Anja wollte ihren Mann vor den Kindern nicht schlecht machen und überlegte, was sie darauf antworten sollte. „Naja, böse ist vielleicht der falsche Ausdruck. Es hat ihm halt überhaupt nicht gefallen. Und die Mama und der Papa haben in letzter Zeit öfter mal Streit gehabt, wisst ihr? Und heute war es so schlimm, das die Mama den Papa gebeten hat, zu gehen. Vielleicht brauchen wir auch einfach mal ein wenig Abstand zueinander. Erwachsene müssen manchmal ein bisschen genauer über manche Dinge nachdenken, versteht ihr?" Anja kam sich vor, als redete sie sich um Kopf und Kragen. Sie musste dieses Gespräch schleunigst beenden. „So, was haltet ihr davon, wenn wir uns jetzt Pizza bestellen und uns einen gemütlichen Fernsehabend machen?" Beide Kinder waren sofort Feuer und Flamme. Das ihr Vater nicht dabei sein würde interessierte erwartungsgemäß keinen der Beiden wirklich.

Er war ja sonst auch kaum da. Wenn er nicht arbeitete war er entweder bei seiner Mutter, oder er verbrachte seine freie Zeit im Keller bei seiner Modelleisenbahn. Da durften die Kinder schon mal überhaupt nicht stören, sie könnten ja was kaputt machen. Das ER eigentlich alles kaputt gemacht hatte, dieses Licht war ihm heute erst aufgegangen. Als gegen halb neun Abends beide Kinder im Bett lagen setzte sich Anja mit einem Glas Rotwein raus auf ihre kleine Terrasse. Sie atmete tief durch und fühlte sich unglaublich befreit und erleichtert. Morgen würde sie es ihrer Familie beichten, dass sie Reiner vor die Tür gesetzt hatte. Das Haus hatten sie damals zur Hochzeit von Anjas Eltern bekommen. Georg und Mathilda hatten aber, in weiser Voraussicht, darauf bestanden, dass nur ihre Tochter im Vertrag stand. Jetzt kam ihr die Klugheit ihrer Eltern gerade recht. So musste sie sich mit ihren beiden Kindern vorerst wenigstens keine Sorgen um die Wohnsituation machen. Alles Weitere würde sich ergeben. Anja würde gleich morgen bei ihrer alten Arbeitsstelle nachfragen, ob es für sie die Möglichkeit gäbe, vormittags einige Stunden zu arbeiten. Jetzt war sie müde und erschöpft, der Tag hatte sie mehr

Kraft gekostet als sie noch vor zwei Stunden zugegeben hätte. Sie leerte ihr Glas, ging unter die Dusche und legte sich danach auf ihre Hälfte des nun leeren Doppelbettes. Und sie fühlte sich sehr sehr gut.

Ronja hatte sich den Wecker auf sieben Uhr gestellt. Als dieser jetzt erbarmungslos schrillte hätte sie am liebsten ihr Kissen nach ihm geworfen. Sie stellte ihn ab und überlegte, ob es gefährlich wäre, noch fünf Minuten die Augen zuzumachen. Und sie wusste: ja, so was war immer gefährlich, gerade für sie. Ronja schlief gerne ziemlich lange, ihr Vater behauptete immer „Kind, du hättest einen prima Bären abgegeben, Winterschlaf wäre genau dein Ding." Aber heute hatten sie schließlich noch was vor. Und wenn sie nachher mit wollte zum shoppen sollte sie tunlichst jetzt ihre warmes, gemütliches Bett verlassen. Der Leitspruch ihrer Mutter war „der frühe Vogel fängt den Wurm". Sie war IMMER früh draußen, egal, wann sie den Abend zuvor ins Bett gegangen war. Und sie war schon morgens meistens bester Laune. Ronjas Motto war da eher „der frühe Vogel kann mich mal".

Auch mit „reden" hatte sie es morgens noch nicht unbedingt. Sie war froh, dass ihr Körper einen gewissen Automatismus beherrschte und einfach funktionierte. Pipi machen, Augen auf halbmast, eine Tasse Kaffee und nach Möglichkeit eine halbe Stunde Ruhe. Dann erst war sie bereit, für weitere Aktivitäten. Dass ihre gesamte Familie aber zu DEN Menschen gehörten, die morgens schon fröhlich plaudernd am Frühstückstisch saßen, war für Ronja kaum nachzuvollziehen. Sie sagte immer „mich hat, glaube ich, der Teufel im Galopp verloren. Irgendwas ist da doch schief gegangen oder?" Ihre Mutter musste jedes mal lachen. „Tja mein Schatz, das ist nun mal das Los der Jüngsten. Die müssen erst noch lernen, das man mehr vom Tag hat, je früher er anfängt." Klar machte das durchaus Sinn. Aber noch war Ronja froh um jede weitere Minute, in der man sie einfach unbehelligt im Bett liegen ließ. Spätestens in drei Wochen musste sie sich eh einen komplett anderen Lebensstil angewöhnen. Dann hieß es jeden Morgen früh raus. Der Dienst im Krankenhaus begann meistens schon um sechs Uhr. Und sie musste ja auch erst mal noch dorthin. Eine gute Dreiviertel Stunde würde sie morgens unterwegs sein.

Also würde ihr ein gewisses Maß an Disziplin jetzt schon mal ganz gut tun. Also gut, dann halt raus aus den Federn, ohne nochmal fünf Minuten die Augen zuzumachen. Dann konnte sie auch noch in Ruhe duschen, Kaffee trinken, noch ein bisschen mit ihrer Mutter plaudern und ihre Nachrichten checken. Auf dem Weg ins Bad kam sie am Schlafzimmer ihrer Eltern vorbei. Ihr Vater saß auf der Bettkante und versuchte sich erfolglos, seine Strümpfe anzuziehen. Dabei machte er Geräusche, als würde er eine hundert Kilo schweren Findling durch die Gegend rollen. „Kann ich dir was helfen Paps?" Ronja spähte durch den Türspalt. „Ne, lass mal, ich krieg das schon irgendwie hin. Wäre doch gelacht, wenn ich nicht mal mehr in der Lage wäre, mir meine Strümpfe alleine anzuziehen." Er verzog erst spöttisch, dann ziemlich schmerzerfüllt das Gesicht. Ronja runzelte zweifelnd die Stirn, hielt sich aber mit etwaigen Äußerungen dezent zurück. „Gut, dann gehe ich jetzt ins Bad. Oder ist Finja schon wach?" Georg schwenkte ergeben seinen Socken wie eine weiße Fahne. „Im Bad ist sie nicht, aber ich habe sie schon plaudern gehört. Scheinbar hat sie mit Doro telefoniert.

Ich guck jetzt mal, dass ich hier zu Potte komme, dann geh ich frühstücken. Kommst du dann auch runter?" Ronja nickte, warf ihrem Vater eine Kusshand zu und machte sich auf den Weg unter die Dusche. Eine halbe Stunde später saß sie fix und fertig angezogen und erstaunlicherweise in bester Laune unten bei ihrer Mutter in der Küche. „Na, wie war´s gestern in Frankfurt?" Mathilda und Georg waren erst gegen neun Abends wieder zuhause. Sie hatten einen wunderbaren Tag zusammen verbracht, waren sogar im Kino und Abends noch schick essen gewesen. Als sie dann nach zwei Stunden Autofahrt endlich wieder zuhause waren waren beide reif fürs Bett und hatten gar nicht mehr groß mit ihren beiden anwesenden Töchtern geplaudert. „Es war so ein schöner Tag." Mathilda geriet direkt ins Schwärmen. „Wir sind erst ewig durch die Innenstadt gebummelt, waren in einem tollen Café und haben uns die Schaufenster angeguckt. Irgendwann hatte euer Vater aber dann solche Schmerzen im Rücken und in den Beinen, dass wir uns entschieden haben, ins Kino zu gehen. Dort konnten wir wenigstens sitzen und hatten noch spannenden Unterhaltung. Heim wollten wir nämlich beide noch nicht." Sie zwinkerte.

„Papa hat in letzter Zeit öfter mal Schmerzen, kann das sein?" Wieder runzelte sie die Stirn. „Ja, ich weiß. Er wiegelt das nur immer ziemlich ab und lässt sich natürlich überhaupt nicht helfen." Mathilda schaute Ronja sorgenvoll an. „Wenn das die nächsten Tage nicht besser wird schleife ich ihn zum Arzt." In dem Moment kam Georg zur Küchentür herein. „Wer wird zum Arzt geschleift?" Mathilda zwinkerte ihm zu. „Du, wenn du nicht so vernünftig wirst und von selbst hingehst." Georg schaute sie fast schon schuldbewusst an. „Ich weiß, du hast ja recht. Ich verspreche hiermit hoch und heilig, dass ich nächste Woche zum Schirrmacher gehe, wenn´s nicht besser wird." Dr. Schirrmacher war der langjährige Hausarzt der Familie, er kannte die Krankheitsgeschichten der einzelnen Familienmitglieder fast schon in- und auswendig. Er verschrieb Mathilda ihre Tabletten gegen den Bluthochdruck, hatte für Finja das passende Schmerzmittel parat, als sie ihre erste Migräneattacke hatte und hatte auch sonst immer ein offenes Ohr für die medizinischen, aber auch privaten Sorgen der Familie Blomen. Man könnte sagen, er wurde über die Jahre hinweg so etwas wie ein guter Freund.

Er hatte alle drei Mädels aufwachsen sehen und kannte viele ihrer kleineren und größeren Probleme. Georg war sicher, wenn ihm einer helfen konnte, dann Dr. Schirrmacher. Jetzt wollte er aber in erster Linie einen Kaffee. „Sagt mal, da habt ihr Anja gestern ja einmal auf links gedreht. Sie sieht fantastisch aus. Wie kam´s denn auf einmal dazu?" Mathilda sah ihre Jüngste fragend an. „Ach weißt du, Anja hat uns ihr Leid geklagt, und das war echt nicht gerade wenig. Und da hat Finja spontan beschlossen, rein äußerlich, schon mal eine Wendung in Anjas Leben zu bringen. Die war total happy mit dem Ergebnis. Ich bin mal gespannt, was ihr idiotischer Mann dazu zu sagen hatte." Ronja steckte sich den Zeigefinger in den offenen Mund und deutete einen Brechreiz an. Sie konnte ihren Schwager noch nie wirklich leiden und fand keinen richtigen Draht zu ihm. In den letzten Jahren hatten die beiden nicht viel freiwilligen Kontakt gehabt. Finja ging es mit Reiner allerdings nicht unbedingt anders, selbst ihre Eltern, die eigentlich mit allen Menschen ziemlich gut zurechtkamen, bekamen keinen wirklichen Bezug zu ihm. Er war halt von Grund auf ein sehr seltsamer Mensch. Das er mittlerweile seit ein paar Stunden nicht mehr wirklich zu Anjas Leben gehörte, ahnte hier in Wald-Michelbach ja noch keiner.

Anja wurde um sechs vom Wecker geweckt, gewohnheitsgemäß streckte sie sich und schwang die Beine aus dem Bett. Sie war kein Mensch, der erst noch ewig brauchte, um wach und fit zu werden. Durch ihre Arbeit beim Rettungsdienst war sie es gewohnt, auf Abruf zu stehen Als sie am Schlafzimmerspiegel vorbei kam und ihr Spiegelbild sah fiel ihr binnen Sekunden alles wieder ein. Sie blickte zurück aufs Doppelbett und die unbenutzte rechte Bettseite. Und dann nochmal in den Spiegel. Sie kam sich vor, als wäre sie die letzten Stunden um Jahre jünger geworden. Als wäre eine riesige Last von ihr abgefallen. Sie überlegte kurz, ob sie ein schlechtes Gewissen verspürte oder Gewissensbisse hatte. Aber weit gefehlt. Sie verspürte nur ein fast unbändiges Gefühl der Freiheit. Sie ging in die Küche und ließ sich einen Kaffee aus der Maschine. Dann setze sie sich im Morgenmantel auf die Terrasse und genoss die morgendliche Stille. Reiner hatte es gehasst, wenn sie morgens noch ewig im Morgenmantel rumlief, für ihn als Beamter hatte ordentliches Auftreten oberste Priorität. Ein Morgenmantel war etwas, womit man vom Schlafzimmer ins Bad gehen konnte. Ab dann hatte man gefälligst in sittsamer, ordentlicher Kleidung zu erscheinen. Noch so eines der Dinge, die Anja oftmals innerlich zur Weißglut getrieben hatte. Um des lieben Friedens Willen hatte sie aber immer geschwiegen und seine Macken diskussionslos hingenommen. Wahrscheinlich würden ihr in nächster Zeit noch mehr solche Dinge auffallen, die sie über die letzten Jahre fürchterlich genervt hatten. Und sie war überglücklich darüber, dass sie das alles nicht mehr ertragen musste. Nachdem sie ihre Kaffeetasse geleert hatte ging sie Leonie und Lennox wecken. Sie würde die beiden nachher in den Kindergarten und in die Schule bringen und sich danach auf den Weg nach Wald-Michelbach zu ihren Eltern und zu ihren Schwestern machen. Sie hatte ihrer Familie einiges zu erzählen…

In der Zwischenzeit war Finja auch aufgestanden und in der Küche aufgetaucht. „Mama, wir machen heute eine kleinen „Mädelsausflug".

Hast du nicht Lust, mitzukommen?" Wir treffen uns mit Anja und Doro im „Rhein-Neckar Zentrum". Wir müssen jetzt unbedingt Anjas Kleidungsstil ihrer Frisur anpassen." Finja grinste. „Das hast du übrigens fantastisch hinbekommen mit Anjas Frisur", Mathilda sah ihre Mittlere lobend und auch ein bisschen erstaunt an. Eigentlich wusste sie ja, dass Finja in ihrem Beruf einen wirklich guten Ruf erlangt hatte, aber bisher hatte sie noch nicht wirklich verfolgt, was sie dabei so alles machte. Umso mehr war sie gestern verblüfft über die Bilder, die die Mädchen ihr geschickt hatten. Das, was Finja aus Anjas Kopf gemacht hatte war ein wahres Meisterwerk in ihren Augen (Ja, Mütter neigen hin und wieder zu Übertreibungen.) Und sie freute sich sehr, das ihre drei „Grazien" wieder mehr zueinander gefunden hatten. „Ich frag mal euren Papa, was der heute vorhat. Ich würde euch nämlich, glaube ich, wirklich gerne begleiten." Mathilda rief ihren Mann, der sich mit seiner Kaffeetasse und der Zeitung in den Wohnzimmersessel verzogen hatte. Jetzt blickte er auf und sah seine Frau über seine Lesebrille hinweg an. „Ich würde nachher mit den Kindern und Doro ins „RNZ" fahren wenn du nichts dagegen hast.

Ich denke mal, bis zum frühen Nachmittag hin müssten wir wieder zurück sein." Georg feixte. „Jaja, das kommt davon, wenn man vier Weiber in der Familie hat. Da wird fast das gesamte Haushaltsgeld in die Ausstaffierung der weiblichen Vorzüge investiert." Man sah Ronja an, dass sie an diesem Satz schwer zu knabbern hatte. „Hä? Ich raffs grad net, erklär mir das mal auf deutsch!" Sie schaute so ratlos aus der Wäsche, das ihre Eltern und Finja lachen mussten. „Soll heißen, wir Frauen geben unser ganzes Geld für tolle Klamotten, Schuhe und Make-up aus." Finja legte ihre Arme auf Georgs Schultern. „Gib's zu, du findest es auch gut, wenn Mama schön angezogen ist." Georg lächelte zufrieden. „Aber selbstverständlich, eure Mutter ist ja auch noch ein heißer Feger." Er zwinkerte belustigt. „Geht ihr ruhig, ich fahr nachher noch zu Paul in die Werkstatt wegen den Winterreifen." Georg stand auf, ging in die Küche und holte seinen Geldbeutel. Dann zückte er seine Kreditkarte und reichte sie mit einer großzügigen Geste an Mathilda weiter. „Hier, kauft euch mal was Schönes, vor allem für Anja. Die hat's, finde ich, wirklich nötig. Und ich glaube, ihr Göttergatte findet das nicht ganz so gut, wenn sie soviel Geld für Kleidung ausgibt."

Mathilda, Finja und Ronja strahlten und drückten ihm jeweils ein Küsschen auf die Backen. Es war mittlerweile halb neun, wenn sie pünktlich loskommen wollten mussten sie sich so langsam beeilen. Draußen fuhr ein Auto vor. Es hielt an und man hörte eine Autotür zuschlagen. Drinnen schaute Georg aus dem Wohnzimmerfenster. „Hattet ihr nicht gesagt, ihr trefft euch mit Anja in Viernheim?" Ronja schlüpfte gerade in ihre Sneaker. „Doch, wir wollten uns gegen neun mit den beiden im „RNZ" treffen, warum?" In dem Moment klingelte es an der Tür. Ronja, die der Haustür am nächsten war, öffnete und riss erstaunt die Augen auf. „Was machst du hier? Wir wollten uns doch im „Rhein-Neckar Zentrum" treffen, schon vergessen? Ist was passiert?" Anja musste schmunzeln. „Jetzt lass ich halt erst mal rein, oder holst du jetzt alle hier an die Haustür?" Sie gingen zusammen ins Wohnzimmer, wo Georg, Mathilda und Finja sie verwundert ansahen. Dann ging Georg auf sie zu. „Du siehst prachtvoll aus, mein Mädchen. Kaum wieder zu erkennen." Er drückte sie an sich. Mathilda sah sie nur fragend an. Sie hatte mal wieder im Gespür, dass da irgendetwas an dem Gesichtsausdruck ihrer Ältesten nicht in Ordnung war.

„Alles gut Liebes?" fragte sie sie. Zu ihrem großen Erstaunen (und auch dem der restlichen Anwesenden) grinste Anja breit und sagte „Jawoll, alles super. Ich habe mich von Reiner getrennt!" Kollektives Luftschnappen war die Folge diese Satzes. Georg, Mathilda, Ronja und Finja dachten erst, sie hätten sich verhört. „Wiederhol das nochmal, ich habe scheinbar noch Sekt von gestern in den Ohren. Ich habe tatsächlich verstanden, du hättest dich von Reiner getrennt. HAHAHAH." Finja versuchte es mit einem kleinen Scherz, der aber völlig ins Leere lief, da Anja jetzt sogar selbst anfing zu lachen und nochmal klar und deutlich wiederholte „Doch, das stimmt. Ich habe mich gestern von Reiner getrennt und ihn kurzerhand rausgeschmissen." Sie ließ sich auf die Couch fallen, Ronja schmiss sich neben sie, holte ihre Beine in den Schneidersitz und war ganz aufgeregt. „Ich fass es ja nicht! Los, erzähl. Ich will alle Details!" Auch Mathilda setzte sich dazu, sie war immer noch maßlos irritiert. Georg setzte sich aufrecht in, er wollte kein Wort verpassen. Das war jetzt etwas, womit hier überhaupt keiner gerechnet hatte. Und dementsprechend war nichts anderes gerade wichtig.

Finja war kurz draußen und informierte Doro darüber, dass es etwas später werden würde bis der ganze weibliche Teil in Viernheim auftauchen würde. Dann spurtete sie zurück ins Wohnzimmer und schmiss sich neben Ronja und Anja auf die gemütliche Couch. Anja war schon mitten im Erzählen, und die Augen ihrer restlichen Familie wurden von Satz zu Satz größer. Als sie mit ihrer Berichterstattung fertig war atmeten alle einmal tief durch. Mathilda ergriff als Erste das Wort. „Ich finde ja, das hast du absolut richtig gemacht. Ich bin stolz auf dich, dass du da so konsequent und vor allem ziemlich besonnen reagiert hast. ICH hätte ihm, glaube ich, eine geklatscht." Mathilda war aufgeregt und sehr erbost. Ronja sagte nur „was für ein Arschloch", Finjas Wortwahl traf den Kern fast noch etwas genauer „was ein armseliger Wichser, mal ehrlich!" Mathilda sah sie ermahnend an. „Finja, bitte....auch wenn ich finde, dass du durchaus recht hast. Das Verhalten von Reiner war schlicht unmöglich. Was sagst du dazu Georg?" Sie sah ihren Mann an. Der war ziemlich blass und wirkte sehr angespannt. „Eins dürfte klar sein: In die Finger kommen darf mir der feine Herr jetzt besser nicht. Keiner sagt ungestraft

„billige Nutte" zu meiner Tochter. Du kannst wirklich froh sein, dass du ihn los bist. So eine tolle Frau wie du bleibt bestimmt nicht lange allein." Er lächelte seine Tochter liebevoll an. Die lächelte gerührt zurück. „Danke Papa, aber ich brauche vorerst überhaupt keinen Mann um glücklich zu sein. Ich habe meine Kinder und werde mir in der nächsten Zeit für vormittags Arbeit suchen. Vielleicht lässt mich Werner ja für ein paar Stunden auf den RTW wenn ich ihn ganz lieb drum bitte. Immerhin war ich ja mal eine richtig gute Notfallsanitäterin." Anja sah in die Runde. „Ihr braucht euch keine Gedanken um mich zu machen. Ich krieg mein Leben schon auf die Reihe, auch ohne Reiner. Die letzten Jahre hat das ja auch perfekt funktioniert. Ich habe mich ja auch bisher um alles alleine gekümmert. Und falls hier jemand darüber nachdenkt, wie ich das finanziell stemmen werde: Ich habe noch ein paar Rücklagen und außerdem muss Reiner ja auch Unterhalt für die Kinder bezahlen. Und wenn alles gut läuft kann ich ja auch bald wieder arbeiten." Anja hatte alles perfekt durchdacht, und sie wusste, sie würde ihre Eltern im Rücken haben, wenn es wirklich mal eng werden würde.

„Ja, und ich habe Papas Kreditkarte, also auf, lasst sie uns zum Glühen bringen." Mathilda wedelte mit der kleinen, goldenen Plastikkarte. Georg erhob sich aus dem Sessel. „Mama hat recht, ihr macht euch jetzt mal eine richtig schönen Tag. Anja, ich hole die Kinder nachher ab und nehme sie mit hierher, wenn's dir recht ist. Dann braucht ihr nicht zu hetzen. Oder wolltest du die Kinder zu Else bringen?" Er grinste leicht bösartig, Anjas Aversion gegen ihre Schwiegermutter war ihm durchaus bekannt. „Ach Papa, du bist der Beste, danke." Sie umarmte ihren Vater und sah ihre Mutter und ihre Schwestern erwartungsvoll an. „Was ist jetzt? Gehen wir jetzt Geld ausgeben, oder warte wir hier auf die Straßenbahn?" Alle zusammen liefen sie Richtung Haustür, Finja flitzte nochmal nach oben und holte sich Schuhe und eine Jacke. Dann war auch sie startklar. Georg winkte seinen vier Frauen hinterher und fühlte sich innerlich ziemlich aufgeräumt. Mit einem zufriedenen Lächeln schloss er die Haustür hinter sich und fing an, den Kaffeetisch abzuräumen.

„Ok, wohin gehen wir als erstes?" Anja war schon fast aufgeregt und steckte alle anderen mit an. Sie hatten Doro getroffen, die sich beim Bäcker in der Zwischenzeit mit einem belegten Brötchen und einem Kaffee versorgt hatte. „Du hättest ja wirklich mit Frühstück auf mich warten können." Finja verzog schmollend ihre Mundwinkel nach unten. „Sorry, ich wusste ja jetzt wirklich nicht, wie lange euer Familienrat tagt, und du weißt doch, dass ich morgens was essen muss und meinen Kaffee brauche. So müde, wie ich heute noch war, dachte ich erst, der Kaffee bei mir zuhause wäre kaputt." Doro lachte. Ihr Shooting hatte länger gedauert als geplant, danach war sie mit den Kollegen noch etwas essen und trinken gewesen und lag um zwei Uhr Nachts erst wieder im Bett. Dementsprechend müde war sie heute. Aber sie freute sich auch sehr auf die Shoppingtour mit Finjas Familie. Ronja deutete nun auf den „New Yorker" Shop. „Hier fangen wir an würde ich sagen." Knapp fünf Stunden später liefen sie, vollgepackt mit Taschen und Tüten, zurück an die Autos. Sie hatten ein paar wirklich tolle Sachen für jede von ihnen gefunden. Inklusive neuer Unterwäsche für Anja. Mathilda hatte sie entdeckt und mit den

Worten „ein schönes Geschenk wirkt mit einer schönen Verpackung gleich noch viel schöner" augenzwinkernd gekauft. Außerdem hatte sie zwei Paar wirklich tolle neue High Heels im Gepäck, drei Sommerkleider, ein Paar Jeans, eine etwas edlere Leinenhose, drei Blusen, vier T-Shirts und eine neue Jacke. Sie war sehr glücklich mit ihren neuen Klamotten, mit jedem Kleidungsstück, dass sie in der Kabine überstreifte, streifte sie ein Stück ihres alten Lebens ab. Und es fühlte sich großartig an. Auch ihre Muttern und ihre Schwestern hatten sich mit einigen wirklich schönen Teilen eingedeckt. Zwischendurch waren sie alles beim Chinesen etwas essen gewesen und hatten sich dann frisch gestärkt wieder in den Kleiderkampf gestürzt. Auf dem Heimweg fuhren sie allesamt bei Anjas Haus in Dossenheim vorbei und brachten schon mal die Tüten und Taschen, die Anja gehörten, ins Haus. Dann fuhren sie zurück nach Wald-Michelbach, wo sie von Georg, Leonie und Lennox schon erwartet wurden. Er hatte die Kinder mitgenommen zu Paul in die Werkstatt, danach waren sie noch zu dritt einkaufen gewesen. Heute Abend wollten sie für alles Spaghetti mit Tomatensoße machen.

Danach würde Anja mit den Kindern wieder heimfahren, schließlich hatten beide morgen früh wieder raus. Georg ließ sich von seinen Mädels ihre Ausbeute zeigen und freute sich über die zufriedenen Gesichter. Dann ging er mit seinen Enkelkindern in die Küche und setzte Wasser für die Spaghetti auf. Mathilda, ihre drei Töchter und Doro deckten in der Zwischenzeit den Tisch. Dann setzen sie sich zu acht an den ausgezogene Esszimmertisch, aßen und plauderten. Sie unterhielten sich über Anjas Zukunft, über Ronjas Ausbildung, über Finjas berufliches Weiterkommen und über Georgs immer wiederkehrende Schmerzen. Doro integrierte sich in die Gespräche und war ab dem Zeitpunkt ein voll akzeptiertes Mitglied der Familie. „Wie ist das denn eigentlich jetzt, wenn ich anfange zu lernen?" Ronja sah Anja entgeistert an. „Kann ich dann trotzdem noch hin und wieder bei dir wohnen oder wie läuft das jetzt?" Anja grinste. „Jetzt doch erst recht. Jetzt machen wir es uns richtig schön wenn du bei mir bist. Und Leonie freut sich ja eh schon die ganze Zeit auf ihre durchgeknallte Tante." Sie knuffte Ronja in die Seite. Georg sah seine Jüngste an. „Gehst du mit raus in den Hof?

Oder lässt du mich heute im Stich?" Ronja schnappte sich ihre Zigarettenschachtel aus der Tasche. „Natürlich lass ich dich nicht im Stich, ich brauche nur noch meine Jacke." Der Rest begann, den Tisch abzuräumen. Anja trug die Teller in die Küche und holten danach die Jacken und Schuhe von den Kinder. „Och Menno, können wir nicht noch ein wenig hierbleiben? Tante Nana. Tante Noni, können wir nicht noch ein bisschen auf den Spielplatz?" Leonie hätte fürs Nörgeln und Quengeln im Normalfall eine Medaille gewonnen, sie war eine wahrer Meister ihres Faches. Mittlerweile war es schon halb acht Abend und draußen wurde es so langsam wieder früher dunkel. „Hör mal kleine Zwiebel, wenn du das nächste Mal da bist machen wir das, großes Indianerehrenwort!" Ronja hielt Leonie die erhobene Hand zum abklatschen hin. Lennox schaute extremst gelangweilt aus der Wäsche. „Also wenn du schon so ein uncooles Wort wie „Indianerehrenwort" benutzt, dann mach wenigstens ne Ghettofaust und nicht diese uralte Abklatschnummer." Oh, der Herr hatte ja eine Top Laune. Anja schaute ihren Sohn fragend an. Setzte ihm die Trennung doch mehr zu, als er selbst zugeben wollte?

Sie würde das beobachten. Außerdem musste sie sich ja eh noch mit Reiner einig werden, wann er die Kinder sehen konnte. In diesen Dingen kannte sie sich nun mal überhaupt noch nicht aus. Würde sie einen Anwalt brauchen? Bestimmt, Reiner würde das alles nicht unbedingt kampflos aufgeben. Wahrscheinlich saß er jetzt bei seiner Mutter und heulte sich aus, weil er überhaupt nicht verstehen konnte, wie und warum ihn Anja vor die Tür gesetzt hatte. Und warum in aller drei Teufels Namen machte sie sich eigentlich noch Gedanken über ihn? Sollte er doch bleiben, wo der Pfeffer wächst. Sie schüttelte sich kurz und sagte dann zu ihren Kindern „Auf geht's, Gute Nacht sagen, wir gehen jetzt. Spätestens am Freitag kommen wir wieder, versprochen. Da hat Lennox nur bis viertel nach elf Schule, danach holen wir dich und fahren zu Oma und Opa." Damit gab sich Leonie zufrieden, Lennox starrte weiterhin desinteressiert in der Gegend rum. Sie reichte beiden ihre Jacken und half Leonie beim Schuhe zubinden. Dann verabschiedeten sie sich bei ihrer Mutter und Oma, bei Finja und bei Doro. Ronja war noch mit Papa im Hof rauchen, die würden sie beim rausgehen sehen und Tschüss sagen können.

Mathilda drückte ihre Enkelkindern nochmal an sich. Leonie knuddelte sie zurück, während Lennox sich aus ihrer Umarmung wand und ein gelangweiltes „Tschö" in die Runde murmelte. Dann ging er raus zu seinem Opa. Anja murmelte noch so etwas wie „Kinder halt" und zuckte mit den Schultern. Ihre Mutter nahm sie ganz fest in den Arm. „Wenn du IRGENDETWAS brauchst, egal was, dann sag Bescheid, ok? Wir sind immer für dich da, das weißt du, oder?" „Ja Mama, das weiß ich. Danke. Wir telefonieren morgen mal, ok? Ich fahr jetzt heim, der Tag mit euch allen war heute echt anstrengend." Sie wischte sich in bester Theater den imaginären Schweiß von der Stirn und lachte. „Dir geb ich, macht das ihr fort kommt." Mathilda ließ sich auf den flapsigen Ton nur zu gerne ein. Sie winkte ihrer Tochter und Enkelin hinterher und ging dann zurück zu Finja und Doro ins Esszimmer. Im Hof redete Anja noch kurz mit Georg und Ronja. „Alles gut bei dir mein Mädchen?" Georg sah Anja fragend an. „Ja, mir geht prima, mach dir keine Gedanken Papa. Ich habe das Gefühl, das war mit die beste Entscheidung, die ich jemals getroffen habe. Und der Tag heute mit diesen vier Verrückten hat mir auch echt gut getan."

Sie lachte. „So ein paar schöne Stunden war heute genau das Richtige." Georg sah sie fast erleichtert an. „Das freut mich sehr. Und du weißt, wenn was ist, du…." Anja unterbrach ihn. „Ja, ich weiß, Papa, ich kann immer zu euch kommen." Sie warf ihrem Vater und Ronja eine Kusshand zu, dann mahnte sie ihre Kinder zum Aufbruch. „Tschüss Opa, Tschüss Tante Noni." Leonie winkte, Lennox winkte auch, wenn auch eher „ab". Dann stiegen die drei ins Auto und fuhren los. „Was hältst du von Anjas Entscheidung?" Ronja blickte ihre Vater fragend an. Sie hatten sich beide mittlerweile nochmal eine Zigarette angezündet. Irgendwie war das ja heute eh ein seltsamer Tag, da durfte man auch mal eine mehr als gewohnt rauchen. Georg grübelte einen Moment. „Ich weiß nicht so recht. Natürlich finde ich es super, dass sie diesen Idiot endlich in den Wind geschossen hat. Aber natürlich mache ich mir auch Gedanken, wie das jetzt weitergeht. Ich befürchte, das wird in einer Art Rosenkrieg enden. Und dann denken ich natürlich an Leonie und Lennox. Wie werden die Beiden das verarbeiten mit der Trennung? Und wie reagieren Reiners Eltern? Du siehst, es gibt genug Dinge, über die sich dein alter Vater jetzt den Kopf zerbrechen kann." Er zog tief an seiner Zigarette und sah dem Rauch beim Davonziehen nach. Ronja schmunzelte. „Ja, ich glaube dir, dass du dir Sorgen und Gedanken machst. ICH glaube aber, dass das alles besser laufen wird wie wir uns das gerade ausmalen. Anja hat es die letzten Jahre ja auch super hinbekommen." Sie drückte ihren Zigarettenstummel im Aschenbecher aus. „Kommst du mit rein? Mama wird eh schon wieder ziemlich brodeln, dass ich nicht beim abräumen geholfen habe." Sie machte einen zerknirschten Gesichtsausdruck. Ihr Vater grinste. „Lass sie brodeln, die waren doch zu dritt, das sollte zu Beseitigung meines verursachten Küchenchaos ausgereicht haben. Und wenn sie meckert sagen wir einfach, dass ich dich so lange aufgehalten habe." Wie zwei Verschwörer gingen sie zurück ins Haus. „Du hättest ruhig ein wenig mithelfen können junges Fräulein. Dein Geburtstag ist seit zwei Tagen vorbei, und ich könnte mich nicht daran erinnern, dass du ansonsten irgendeine Art von Sonderstatus hier hättest." Ronja schaute ihren Vater an und machte eine „siehste, hab ich doch gleich gesagt"-Handbewegung. „ICH habe Ronja aufgehalten, wir haben uns noch ein wenig unterhalten."

„Es freut mich außerordentlich, dass ihr offenbar so ein anregendes und wichtiges Gespräch hattet. Aber das hätte auch Zeit gehabt bis NACH der Küchenarbeit. Du, mein lieber Schorsch, hast mit deinen Enkelkindern ein Chaos hinterlassen, dass wir am liebsten die gesamte Küche gekärchert hätten. Das nächste mal darfst du das alles auch wieder ganz alleine aufräumen und putzen. Vielleicht mag dir Ronja dann dabei helfen." Mathildas Augen blitzten. Georg kannte seine Frau. Sie war wie ein kleiner Vulkan und im Grunde liebte er ihr Temperament. Und so ein ganz klein wenig musste er ihr insgeheim natürlich recht geben. Das mit der Tomatensoße war eine größere Aktion, und irgendwie hatte er es geschafft, das die Küche aussah, als wäre der Topf mit Soße auf dem Herd explodiert. Leonie und Lennox fanden das natürlich überaus lustig, soviel Durcheinander und Schmutz durften sie zuhause nie machen. Hätten sie hier bei ihrer Oma in der Küche aber AUCH nicht gedurft, wenn die das mitbekommen hätte. Mathilda hatte erst nach Luft geschnappt, als der unzähligen roten Spritzer überall gewahr wurde. Und natürlich war sie nicht böse, im Gegenteil.

Sie war insgeheim stolz auf ihren Mann, weil er das mit seinen Enkelkinder zusammen so toll hinbekommen hatte. Aber sie wusste auch, aus jahrzehntelanger Erfahrung, dass man Männer tunlichst nicht zu sehr loben sollte. Die wurden sonst übermütig und bekamen ziemlich schnell das Gefühl, etwas ganz Großes vollbracht zu haben. Und wenn sie es nur geschafft hatten, ein Glas Tomatensoße in einen Topf zu kippen und heiß zu machen. Also, Zuckerbrot und Peitsche, beides wohldosiert. Sie packte die „Peitsche" wieder ein und meinte „aber es war toll, dass ihr Essen gemacht habt. Das nächste mal koche ICH mit Lennox und Leonie, und Ronja und du ihr dürft aufräumen" Sie blinzelte ihrem Mann zu und verzog die Mundwinkel nach oben. Der schien ziemlich erleichtert, auch Ronja war froh, dem großen Donnerwetter entgangen zu sein. „Also gut, Deal. Beim nächsten mal sind Ronja und ich dran, und ihr dürft euch hinsetzen und ausruhen" meinte er, sichtlich zufrieden. Ronja gähnte. „Leute, ich geh hoch. Ich will noch mit Lena schreiben, wir wollten uns morgen treffen. Ich muss ihr doch unbedingt meine neuesten Errungenschaften zeigen. Gute Nacht." Sie winkte in die Runde und gleich darauf hörte man die die Treppen hinauf stampfen. Finja sah Doro an. „Ich würde mit zu dir kommen wenn du magst. Ich muss morgen Mittag eh noch zu Patti wegen den neuen Farben. Was hast du morgen?" Doro holte ihren Planer aus der Tasche. Da sie neben dem Job als „Haarmodel" auch noch als Nageldesignerin arbeitete war sie meistens ziemlich beschäftigt. Sie blätterte. „Von halb zehn bis vier hab ich morgen Kundinnen, danach müsste ich noch einkaufen. Das könnten wir doch auch zusammen machen wenn du bis dahin fertig bist." Finja war einverstanden. „Gut, dann gehen wir jetzt würde ich sagen." Sie stand auf und holte beide Jacken. „Sehen wir uns am Wochenende wieder?" fragte Mathilda. Doro sah Finja an. „Also ich komme auf alle Fälle die Woche nochmal heim, ich habe am Donnerstag nur morgens Kundschaft. Der Freitag und der Samstag ist wieder rappelvoll. Wir telefonieren würde ich sagen. Bis dann Mama." Sie nahm ihre Mutter in die Arme, drückte ihren Vater kurz und ging mit Doro zur Haustür. „Tschüss Mia, und vielen Dank für alles." Doro lächelte Mathilda an. „Wiedersehen Herr Blomen, bis zum nächsten Mal." Sie winkten beide nochmal, dann schloss sich die Haustür hinter ihnen.

„Hattest du Doro nicht das „Du" angeboten."
Mathilda sah ihren Mann leicht verdutzt an.
„Ich glaube, in der ganzen Aufregung habe ich
das total vergessen. Mache ich beim nächsten
Mal…..wenn ich dran denke." Beide setzen
sich nebeneinander auf die Couch. Georg
hatte eine Flasche Wein aufgemacht und
schenkte seiner Frau ein Glas ein. „Und
Mamutschka, was hältst du so von den
Entwicklungen unserer Familie die letzten drei
Tage? Das war ja mehr, als manche in einem
Jahr nicht erleben." Er lachte verhalten.
Mathilda legte ihre Kopf an seine Schulter.
„Ja, das warf echt alles ein bisschen viel.
Ronjas 18er, Finjas Gefühlsoffenbarung, Anjas
kompletter Lebenswandel…. Wir wären ein
Paradebeispiel für eine nachmittägliche
Seifenoper, so was wie „Geschichten, die das
Leben schrieb." Aber ich bin dennoch heilfroh,
das die richtig großen Katastrophen eigentlich
ausgeblieben sind. Das, was jetzt alles noch so
kommt, kriegen wir hin, da bin ich mir
ziemlich sicher. Wir dürfen auch in dem
ganzen Trubel nicht vergessen, dass Ronja in
drei Wochen ihre Ausbildung anfängt. Das,
und Anjas Trennung wird zunächst der größte
Brocken werden. Alles andere ist doch für uns
Pipifax." Sie schaute ihren Mann liebevoll an.
„Und du gehst die Woche noch zum

Schirrmacher, wenn das mit deinen Schmerzen nicht besser wird, versprochen?" Georg blickte ins Leere. Er ließ die letzten drei Tage gedanklich nochmal Revue passieren. Seine Frau hatte recht, da war nichts dabei, was sich mit ein wenig gesundem Menschenverstand nicht wieder hinbekommen ließe. Außer vielleicht die Sache mit Greta, aber da würde er sich vorerst mal lieber noch nicht einmischen. „Heute ging's einigermaßen mit den Schmerzen, sollte das aber nochmal so schlimm werden wie am Wochenende verspreche ich dir, dass ich mich drum kümmere." Er beugte sich vor und griff zur Fernbedienung. Im ZDF lief ein „Herzkino"-Film, das mochten sie beide sehr. Der Abend wurde somit, nach all den Aufregungen der letzten Tage, noch wunderbar entspannt und friedlich.

„Maaaamaaa, weißt du, wo der kleine schwarze Koffer ist?" Ronja brüllte durchs ganze Haus, man hörte sie sogar bis raus auf dem Hof. Mathilda schüttelte genervt den Kopf, ihre Jüngste hielt seit gestern fast die gesamte Familie auf Trab. Es war Samstag, am Montag morgen sollte ihre Ausbildung in der Kinderklinik in Heidelberg beginnen. Schon am Donnerstag hatte sie angefangen, Dinge zu richten, die sie mit zu Anja nach Dossenheim nehmen wollte. Jeder Außenstehende hätte bei dem Anblick des Durcheinanders in ihrem Zimmer den Eindruck kriegen können, sie wandere in ein „nicht europäisches" Land aus. Dabei war sie ungefähr nur eine Dreiviertel Autostunde weg von zu Hause. Und dann auch noch im Haus ihrer Schwester. Und sehr wahrscheinlich würde sie sogar Mitte der nächste Woche wieder zurück kommen, weil sie für den Rest der Woche ihr Auto mitnehmen wollte. Gerade also verstand Mathilda den hektische Aufstand ihrer Tochter überhaupt nicht. „Sag mal Kind, hast du Pläne, von denen ich noch nichts weiß? Wolltest du dich den Fremdenlegionären anschließen oder warum packst du, als wolltest du die nächsten Jahre nicht wieder nach Hause kommen?" Sie sah entgeistert auf das Chaos, dass Ronja in ihrem Zimmer veranstaltet hatte. Überall lagen Kleider, auf dem Boden, auf dem Bett, der Schrank sah im Inneren aus, als hätten dort wütenden Trolle ihr Unwesen Getrieben. Mathilda schlug die Hände über dem Kopf zusammen. „Beruhig dich Mama, bis ich heute Abend fertig bin sieht das hier wieder tipptopp aus. Aber ich will für alle Individualitäten vorgesorgt haben. Stell dir mal vor, ich treffe dort voll den süßen Typen und der will mit mir einen Kaffee trinken gehen, oder abends in die Altstadt nach Heidelberg: wenn ich DANN nichts passendes anzuziehen dabei hätte wäre das ja eine absolute Katastrophe. Also kommt erst mal alles mit, was gut aussieht. Außerdem brauche ich ja auch noch die dazu passenden Schuhe, mein Laptop und die Bücher, die ich mir bis jetzt kaufen musste für die Ausbildung. Ich kann ja dann auch das Meiste dann bei Anja lassen. Ich lass aber auch noch genügend da, keine Angst. Du wirst fast gar nicht merken, dass ich weg bin." Ronja grinste. „Ich werde es am ehesten daran merken, dass morgens keiner mehr Ewigkeiten das Bad belegt." Mathilda schnappte sich eine Handvoll Kleidung vom Boden und begann, sie zusammen zu legen.

Sie freute sich sehr darüber, dass Ronja ihren Wunsch-Ausbildungsplätze bekommen hatte. Und ja, sie war ja wirklich nicht weit weg von Zuhause. Das kannte sie von zwei ihrer Bekannten anders. Da waren die Kinder wegen der Lehre in ganz Deutschland verteilt. Sie würde Ronja öfter sehen können, und wenn die Sehnsucht zu groß wurde war sie ja auch gleich in Dossenheim. Aber es fühlte sich trotzdem sehr seltsam an, ihre „Kleine" morgen gehen lassen zu müssen. Sie würde am Montag einen völlig neuen Lebensabschnitt beginnen, neue Menschen kennenlernen, sich viel neues Wissen aneignen und ganz neue Erfahrungen machen. Mathilda hoffte nur inständig, dass Ronjas ungezügeltes Temperament und ihr oftmals viel zu schnelles Mundwerk ihr nicht öfter einen Strich durch ihre Pläne machen würde. Sie würde sich so manchem Willen und manchen Befehlen fügen müssen. Und da hatte ihre Tochter nun mal schon immer großes Diskussionspotenzial. „Huhu, Frau Blomen, sind Sie noch da?" Ronja stupste ihre Mutter in die Hüfte. Die erschrak regelrecht, sie war völlig in Gedanken versunken gewesen. Sie sollte sich einfach weniger den Kopf zerbrechen, ihre Tochter würde das alles schon hinbekommen. Und sie hatte ja noch ihre große, sehr vernünftige Schwester vor Ort, und ihre Eltern, zu denen sie jederzeit kommen konnte. Also, mach mal halblang Mia, gerührt sein bringt jetzt nichts, schließlich bist du ja kein Martini. Mit diesen Worten im Kopf wandte sie sich Ronja zu. „Tut mir leid, ich habe gerade nachgedacht. Was hast du gesagt?" Ronja ließ sich aufs Bett fallen. „Ich wollte fragen, ob du mir vielleicht noch die zwei Hosen waschen könntest bis morgen. Ich würde gerne nachher nochmal schnell zu Lena." Mathilda seufzte tief. „Na klar, kein Problem. Ich gehe später noch einkaufen, was möchtest du heute Abend essen? Du kannst dir noch was wünschen, ich befürchte, kulinarische Highlights wird es die nächste Zeit eher selten geben." Anja hatte noch nie ein gutes Verhältnis zur Küche gehabt, sie kochte, weil man das ja von einer guten Hausfrau und Mutter erwartete. Ansonsten hielt sie sich weitgehend aus der Küche fern. Die, die ihre Kochkünste kannten, hielten das auch für sehr viel besser. Ronja musste nicht lange nachdenken. „Ohh, dann hätte ich gerne deine eingelegten Schnitzel und Pommes dazu." Sie leckte sich über die Lippen. „Ich geh dann mal schnell, gegen Nachmittag bin ich wieder da." Sie winkte und stob aus der Tür. Mathilda sammelte den Rest

Wäsche ein und warf die Waschmaschine an. „Ich find´s doof, dass ich dich jetzt nicht mehr so oft sehen kann." Lena machte ein Gesicht wie sieben Tage Regenwetter. „Wem soll ich denn dann auf die Nerven fallen?" Ronja sah sie mitleidvoll an. „Ich bin doch nicht weit weg, und am Wochenende, und zwischendurch, bin ich doch auch immer wieder da. Und wir können Abends doch skypen, wenn ich nicht gerade Dienst habe." Sie musste zugeben, dass ihr jetzt so langsam auch ganz schön die Muffe ging. Was würde sie am Montag erwarten? Waren die Leute nett? War die Arbeit wirklich das Richtige für sie oder hätte sie sich für etwas anderes entscheiden sollen? Und dass sie ihre Freundin und ihre Eltern nicht mehr so oft sehen würde machte ihr doch mehr zu schaffen, als sie sich bisher eingestehen wollte. Lena brachte ein kleines Päckchen zum Vorschein. „Hier, damit du mich nicht vergisst." Sie drückte Ronja das Päckchen in die Hand. „Aber vorsichtig aufmachen du kleiner Grobmotoriker." Ronja zog an der Schleife, die Lena mit Ach und Krach aufs Papier gemurkst hatte. Dann wickelte sie vorsichtig das Papier ab. Zum Vorschein kam ein rosa glitzernder Bilderrahmen, beklebt mit

Einhörner, Sternen, Strasssteinchen, Krönchen und kleinen, bunten Klebeblumen. In den Rahmen hatte Lena eine Bilder-Collage gebastelt. Ronja sah sich jedes einzelne Bild genau an. So viele tolle, lustige und wehmütige Erinnerungen kamen ihr wieder in den Sinn. Ausflüge zum Baggersee, Grillabende mit Freunden, Stadtbummel, feucht-fröhliche Abende, gemeinsame Spaziergänge, ja sogar die Bilder von den wundervollen Sonnenuntergängen damals an der Ostsee hatte Lena in diesem Rahmen untergebracht. Ronja war völlig von den Socken und musste sich schwer am Riemen reißen, um nicht laut loszuheulen. Lena sah es ihr an. „Ach komm schon kleine Heulsuse, du gehst ja nicht auf eine jahrelange Grönlandexpedition, wir sehen uns ja Ende der Woche bestimmt wieder. Und bis dahin kannst du mich ja irgendwo hinhängen. Du machst das schon, wirst sehen, das wird super. Und wenn ich irgendwann mal mit meinem Studium fertig bin werde ich ja vielleicht sogar deine Chefin." Sie lachte, Ronja hielt sich die Ohren zu. „Hör bloß auf, das wäre mein persönlicher Albtraum. DU als meine Chefin.....da würde ich nochmal umschulen und Bäckerin werden oder so."

Lena versuchte, nach ihr zu hauen, während Ronja sich lachend wegduckte. Sie verbrachten noch den ganzen Nachmittag zusammen, schwelgten in Erinnerungen und schmiedeten Pläne für das, was sie machen wollten, wenn Ronja wieder am Wochenende zuhause war. Dann verabschiedeten sie sich, und immer mehr fühlte Ronja sich, als würde sie auf die andere Hälfte des Erdballs ziehen. Es fühlte sich ziemlich seltsam an, und irgendwie aber auch sehr erwachsen. Eigentlich ein ziemlich gutes Gefühl, musste sie zugeben. Wieder daheim bei ihren Eltern hatte ihre Mutter ihr schon ihre frisch gewaschenen Wäsche auf einen Haufen auf ihr Bett gelegt und den Rest des Chaos ordentlich zusammengefaltet und weg geräumt. Ronja wurde bewusst, das sie ab morgen, wenigstens unter der Woche, für ihr Durcheinander selbst verantwortlich sein musste. Anja würde ihr was husten, im Aufräumen waren die drei Schwestern alle nicht unbedingt die Größten Helden unter der Sonne. Keine wusste so genau, woher dieses „Erbstück" kam, ihre Mutter behauptete standhaft „das lag im väterlichen Erbgut." Georg saß im Hof und genoss die letzten herbstlichen Sonnenstrahlen. „Na, Prinzessin, hast du alles beisammen? Freust du dich auf

Montag?" Ronja ließ sich neben ihn auf einen Gartenstuhl fallen. Sie brauchte jetzt dringend eine Zigarette, irgendwie glaubte sie damit ihre Nerven besser beruhigen zu können. Sie bot ihrem Vater eine an und er gab ihnen beiden Feuer. Tief inhalierte sie den Rauch, blies ihn aus und sagte dann „Ja, ich glaube ich bin bereit und ich habe alles dabei, was ich brauche. Klamotten kriege ich ja eh von der Klinik, die erste Woche ist ja auch zunächst nur Unterweisung und gegenseitiges Kennenlernen. Ich denke mal, da passiert noch nicht allzu viel. Ich freu mich wahnsinnig darauf. Ich bin mal so auf meine Mitschüler gespannt. Und auf meine Lehrer. Und auf die Kinder, und die Krankenschwestern…" Georg unterbrach sie grinsend „du bist also sehr gespannt auf alle." Beide mussten lachen. Mathilda kam in den Hof und setzte sich zu ihnen. „Na ihr beiden? Was ist so lustig?" Ronja antwortete „Papa freut sich einfach nur, dass ich mich freue. Wenn DU dich jetzt auch noch freust, dann freut sich hier jeder. Stell dir mal DIE große Freude vor." „Gott, bist du ein verrücktes Huhn, mal ehrlich." Mathilda schüttelte lächelnd den Kopf. In einer Stunde gibt's essen, Finja und Doro kommen auch. Anja hat Leonie und Lennox vorhin zu Reiner gebracht, die kommt etwas später." Ronja sah sie leicht fragend an. „Wie läuft das eigentlich jetzt weiter mit den beiden? Weiß man da schon was?" Georg schüttelte den Kopf. „Bis jetzt sind sie sich wenigstens schon mal einig, dass Reiner die Kinder mindestens alle zwei Wochen sehen sollte, wenn er will, auch mal zwischendurch. Else und Jürgen sind natürlich überhaupt nicht begeistert von dem Allem, und geben Anja komplett die Schuld an dem Scheitern der Ehe. Da Anja aber bislang auch wenig Wert auf deren Meinung gelegt hatte sieht sie darin jetzt auch nicht unbedingt ein großes Problem. Sie lässt die Kinder zu ihnen, aber sie möchte weder mit Else noch mit Jürgen zur Zeit etwas zu tun haben. Und ich persönlich habe das Gefühl, dass sie sich gerade äußerst wohl fühlt. Also mache ich mir keine großen Gedanken. Sie haben wohl auch schon mal über eine Scheidung geredet, aber dafür müssen sie erst mal ein Jahr getrennt sein." Ronja überlegte. „Macht Reiner sich vielleicht noch Hoffnungen?" Mathilda sah sie an. „Vielleicht. So richtig äußern mag sich Anja darüber nicht, und ich frag nicht nach. Ich denke mal, wenn´s was zu erzählen gibt, kommt sie von ganz alleine." Und während die drei sich noch angeregt unterhielten kamen Finja und Doro Hand in Hand zum

Hoftor herein und warfen ein fröhliches „Hallo" in die Runde. Doro setzte sich dazu, während Finja Gläser und etwas zu trinken holte. Schnell waren sie in einem Gespräch vertieft, und niemand bemerkte, dass Anja die Straße zum Haus runter gelaufen kam. Auf den letzten Metern deutete Finja auf sie und rief „Sag mal, wo kommst du denn her?" Ohne Auto und aus der falschen Richtung??" Anja trat wortlos durch das Hoftor, sagte „Hi zusammen" in die Runde und setzte sich lächelnd an den Tisch. „Ich war nur spazieren, mein Auto steht oben am Wald. Die frische Luft tat so gut gerade." Sie errötete leicht, ihre Augen glänzten. Doro schmunzelte, und Ronja schlug die Hand vor den Mund. „Ha, du bist ertappt. Vom Spazierengehen kriegt man kein so grenzdebildes Grinsen ins Gesicht. Wen haben wir denn getroffen, hm?" Sie beugte sich vor und hielt demonstrativ ihr rechtes Ohr in Anjas Richtung. „Wir hören dir alle ganz gespannt zu." Anja faltete die Hände über ihren Knien zusammen, ihr Gesicht bekam einen leicht madonnenhaften Ausdruck. „Tut mir leid kleiner Naseweis, aber es gibt Dinge, über die braucht sich hier vorerst mal noch keiner seinen Kopf zu zerbrechen. Was gibt's eigentlich zu essen? Ich verhungere gleich" Mit diesem Satz war das Thema „geheimnisvoller Spaziergang" für sie beendet. Mathilda stand auf. „Eingelegte Schnitzel, Pommes und Salat. Zur Feier des Tages, und bevor Ronja sich die nächsten Tage nur noch von Fertiggerichten ernähren muss. Wir können gleich essen, ich muss nur noch die Fritteuse anwerfen." Georg erhob sich schwerfällig aus seinem Stuhl. Er hatte es die Woche „versäumt", zum Arzt zu gehen. Also eigentlich, wenn er ehrlich zu sich selbst sein sollte, hatte er Angst gehabt, was Dr. Schirrmacher feststellen könnte. Darum hatte er seine Schmerzen meistens ziemlich erfolgreich ignoriert. Jetzt spürte er sie wieder ganz deutlich. Mathilda war sein leichtes Stöhnen natürlich nicht entgangen. „Ich werde dir nochmal eine Aspirin auflösen. Und nächste Woche gehst du zum Arzt, sonst schleife ich dich an deine Schlappohren hin, haben wir uns verstanden?" Sie knurrte ihn fast schon böse an. Georg zog unwillkürlich das Genick ein Stück ein. „Ja, mein Weib, ist ja schon gut, ich höre ja auf dein sanftes Stimmchen" , murmelte er. „Dafür decke ich jetzt den Tisch, Bewegung tut mir gut. Komm Mamutschka, lass die jungen Hühnern noch ein bisschen unter sich gackern, wir verziehen uns in die Küche." Im Vorbeilaufen verpasste er ihr einen kleinen Klaps auf den Popo und grinste schelmisch. „Schorsch.....“ die Stimme seiner Frau klang drohend, rund um ihre Augen aber blitzten ihre Lachfältchen. Zusammen gingen sie in die Küche, und eine halbe Stunde später saßen alle rund um den Esszimmer Tisch und ließen sich das leckere Essen schmecken. Der Abend wurde noch lang und weinselig. Am nächsten Morgen luden Ronja und Anja Ronjas Gepäck ins Auto. Georg sah der „Packaktion“ eine Zeitlang wortlos zu. Dann drehte er sich zu Mathilda um. Hast du mal geguckt, ob deine Küche noch da ist? Ich habe das Gefühl, sie hat ALLES mitgenommen, was nicht niet-und nagelfest ist.“ „Ja, und wenn du genau hinschaust packt sie gerade noch deine Werkzeugbank ins Auto.“ Georg fuhr erschrocken herum, dann musste er schallend lachen. „Ok, fast hätte ich es geglaubt. Mädchen, du kommst doch wieder. Warum Gepäck wie für eine Weltreise?“ Georg war bisher der Einzige, der noch nicht mitbekommen hatte, dass Ronja einfach nur gewappnet sein wollte. Also wunderte er sich über jedes Gepäckstück und jede Tasche, de in Anjas Kombi wanderten. Dann hieß es „Tschüss“ sagen. Ronja hatte einen dicken Klos im Hals und schimpfte mich sich selbst deswegen. „Ich rufe euch morgen Mittag mal an wie der erste Tag war.“ Sie drückte ihre

Mama und ihren Papa ganz fest, dann stieg sie ins Auto. Anja fuhr los, sie winkten beide aus den Fenstern. Mathilda atmete tief durch und wischte sich ein Tränchen von der Backe. Jetzt wurde auch ihr jüngstes Kind ganz langsam flügge. Georg ging zurück ins Haus, er wollte noch in Ruhe seinen Kaffee zu Ende trinken und seine Zeitung lesen. Und gerade, als Mathilda das Hoftor wieder schließen wollte, rief es von gegenüber über den Gartenzaun. „Mia, warte. BITTE. Ich muss dir was erklären." Mathilda drehte sich um. Greta kam langsam über die Straße zu ihr, den Blick gesenkt, mit hängenden Schultern. „Was willst du? Wieder über Finja herziehen? Sie beschimpfen und schlecht machen? Tut mir leid Greta, da bist du an der falschen Stelle." Sie drehte sich um und wollte gehen. „Nein, Mia, das will ich nicht, und da wollte ich nie tun. Bitte lass es mich erklären......" Mia schnaufte genervt. „Was gibt es da noch zu erklären?? Du warst gemein und ziemlich boshaft. Warum das Ganze??" Greta atmete tief durch......"Weil es mir selbst schon mal genau so gegangen ist wie Finja....."

Was Greta Mathilda erzählen wird, wie es mit Anja und Reiner weitergeht, wen Ronja während ihrer Ausbildung im Krankenhaus kennenlernt und unter was Georg WIRKLICH leidet....das erfahrt ihr im nächsten Band von

„Ronjas Welt"

Ich freue mich auf euch!

ENDE